KB210606

저승 우체부 배달희

저승 우체부 배달희

부연정 장편소설

다선
책방

이 책을 먼저 읽은 독자들의 추천 _____

달희가 편지를 배달할 때마다 독자도 함께 성장하는 느낌을 받았다. 이 책을 읽고 내 주변 사람들에게 더 자주 진심을 전하고 싶어졌다. _책스*

아이, 어른 모두의 마음을 토닥이며 괜찮다고 말해주는 성장소설. _Lema***

가독성과 몰입감이 뛰어난 작품. 눈물 버튼 눌릴 준비를 단단히 하고 책을 펼쳐야 한다. 자아를 찾아가는 청소년들에게도, 그리움과 후회 속에 살아가는 성인들에게도 모두 추천! _W입**

부연정 작가는 세상과 세상을 연결하는 능력이 남다르다. 매 작품마다 청소년들의 일상을 판타지 세계와 엮어 공감 어린 시선으로 풀어낸다. 이번 작품 역시 정교하게 짜인 구성, 촘촘하게 이어진 관계, 우연 같으면서도 현실에 있음 직한 인연에 눈시울이 촉촉해졌다. _가온*

희생과 사랑, 용기, 자신감, 그리고 따뜻한 위로를 담은 책. 특별한 설정 속에서 보편적인 감정을 건드리는 이야기로, 읽는 내내 진심을 전하지 못했던 순간들이 떠올랐다. _떠나**

주인공 또래인 아이와 읽으며 이야기를 나누다 보니 아이가 조금 더 성장할 수 있는 계기가 되었다. _행복한우리**

첫 문장을 읽으며 오늘을 살아가는 아이들이 이런 마음을 갖고 있 겠다는 생각에 가슴이 아팠다. 우리는 언제나 단 하나뿐인 내 삶의 주인공이라는 걸 깨닫는 계기가 되어줄 작품. _이리*

사춘기 학생 중에는 달희처럼 싫어도 싫다는 말을 잘 못하는 아이 들이 많다. 소심한 주인공이 자아를 찾아가는 이야기를 통해 "하 고 싶은 말이 있다면 지금 전하는 용기가 필요하다"라고 일러주는 작품. _푸른솔**

주인공 달희가 나와 너무 똑같다고 생각했다. 그래서 더더욱 공감 하며 재미있게 읽었다. _하땅*

앉은 자리에서 끝까지 다 읽었다. 저승과 이승을 넘어 인물들의 오 해를 풀어주는 주인공 달희를 응원하게 된다. _마음포**

소통의 부재가 큰 현대 사회에서 저승과 이승을 연결해 주는 매개 를 편지로 설정했다는 점이 특별하게 느껴진다. _빛너*

극I(내향적)인 성격을 가진 중학생 소녀의 이야기를 통해 '조연의 삶은 없다'라는 메시지를 느꼈다. _서*

읽고 나서 마음이 편해지는 것을 느꼈다. 슬픔 속에 용기와 용서가 담긴 작품. _콩콩맘의****

사람들은 종종 인생을 영화에 비유하곤 한다. 그렇다면 나는 분명 존재감 없는 조연일 거다. 아니, 어쩌면 조연조차 되지 못한 엑스트라일지도 모르겠다. 누구의 눈에도 띄지 않고 누구의 기억 속에도 남지 않는 행인 1.

그런데 이토록 평범한 내가 오늘부터 저승 우체부라니?

"저 죄송한데…… 누구시라고요?"

나는 한밤중에 연기처럼 불쑥 나타난 사람을 향해 조심스럽게 물었다. 그 말에 그가 신경질적인 표정으로 나를 보았다. 검은색 정장을 입고 까만 뿔테 안경을 낀 젊은 남자는 얼굴까지 창백한 게 무척 피곤해 보이는 인상이었다. 괜한 질문을 했나 후회하는 사이 남자가 입을 열었다.

"저승차사입니다. 이승식으로 얘기하면 공무원 같은 거죠."

"……예."

머릿속은 여전히 혼란스러웠지만 일단은 얌전히 고개를 끄덕였다. 들고 있는 서류를 휙휙 넘기는 모습만 보아도 차사는 무척 바쁜 것 같았고, 나는 그런 그를 화나게 만들고 싶지 않았기 때문이다. 아니, 그건 그렇고 저승차사라니. 사람이 맞긴 한 걸까? 저승사자 같은 건가?

"방금까지 제가 한 설명 다 이해했죠, 배달희 씨?"

"으음."

나는 생각에 잠긴 척 대답을 길게 끌었다. 탁 하고 서류를 덮은 차사가 안경을 밀어 올리며 나를 똑바로 응시했다. 그 시선에 고개가 저절로 아래를 향했다.

"……아니요."

"제 말이 어려웠나요?"

차사가 한숨을 푹 내쉬며 건넨 물음에 나는 얼른 고개를 저었다.

"그건 아니에요."

그러곤 힐끔 눈동자를 들어 차사를 올려다보았다.

"사람이 죽으면 저승으로 간다는 얘기는 알아들었어요. 저승에서 다음 생을 이어갈 재판을 받기 전에 딱 한 번, 딱 한 사람에게 편지를 쓸 수 있다는 얘기도요. 그리고 그 편지를 제가 이승에 있는 사람에게 전달해야 한다는 것도 이해했어요."

차사가 그제야 흡족한 얼굴로 고개를 끄덕였다. 역시 자신의 설명은 나무랄 데가 없다는 듯이 말이다.

하지만 내 의문은 그게 아니었다. 비현실적인 존재가 꺼낸 비현실적인 얘기보다 더 궁금한 건 바로,

"왜 저인가요?"

그래, 바로 이 점이었다. 어째서 나인지.

어느 날 갑자기 나타난 저승차사와 그가 부여한 임무는 마치 판타지소설의 도입부에 나올 법한 이야기였다. 문제는 차사가 주인공을 잘못 찾아왔다는 것이다. 나는 이런 일을 할 만큼 대단한 사람이 아니었다.

내 물음에 차사는 생각지도 못한 질문이라는 듯 두 눈을 크게 떴다. 나는 침울한 표정으로 대답했다.

"제 입으로 이런 말씀을 드리긴 그렇지만, 저는 잘하는 게 없어요. 성적도 반에서 딱 중간, 운동 신경도 어중간, 노래는 못 부르는 편에 속하고요, 그림은 그럭저럭 형체만 알아볼 정도의 실력이죠. 저는 길가에 있는 돌멩이처럼 발에 차이기 전까지는 누구도 존재를 모르는 평범한 사람이에요. 그런 제가 하기엔 지나치게 중요한 일인 것 같은데요."

내가 얼마나 존재감 없는 사람인지 알려주는 일화가 하나 있다. 초등학교 시절 나는 가장 친했던 하은이를 포함해 다섯 명의 친구와 어울려 놀았다. 그때 우리에게는 생일마다 햄버거 파티를 벌이는 암묵적 룰이 있었는데, 이상하게 내 생일을 기억하는 친구는 한 명도 없었다. 그렇다고 내 입으로 말하기도 멋쩍어 매년 내 생일은 그냥 넘어가고는 했다.

며칠이 지난 뒤에야 하은이가 "아, 맞다! 달희 생일!" 하고 소리치면 그제야 다들 미안한 표정으로 사과했지만, 이듬해가 되면 내 생일은 또다시 까맣게 잊혀졌다.

한참 우울한 생각에 빠져있던 찰나 차사가 지극히 사무적인 어조로 대답했다.

"배달희 씨는 특별합니다."

"예?"

나는 고양이가 새라는 얘기라도 들은 것처럼 깜짝 놀란 표정을 지었다. "아니, 뭔가 잘못된 것 같은데요……" 하고 중얼거렸지만 차사는 들은 체도 하지 않았다. 흘러내린 안경을 밀어 올린 차사는 손목에 찬 시계를 힐긋거리며 말을 이었다.

"서류를 다시 확인할 것도 없습니다. 배달희 씨는 강력한 귀문관살(鬼門關煞)의 소유잡니다."

"예?"

차사는 내 멍청한 표정을 흘기더니 보란 듯이 한숨을 내쉬었다. 그리고 쉬운 말로 다시 설명했다.

"배달희 씨는 저승과 이승을 잇는 문이나 다름없단 뜻입니다. 애초부터 그런 운명을 타고났습니다. 이름부터가 배달희 잖습니까?"

"그건 저희 할아버지가 술을 드시고……."

"착오는 있을 수 없습니다. 저는 실수 따위는 하지 않으니까요."

어찌나 자신만만한지 나도 모르게 고개를 끄덕일 뻔했다. 하긴 차사는 바늘 하나 들어갈 틈도 없이 야무져 보이긴 했다. 저런 사람이 실수를 할 리는 없겠지. 아니, 그 전에 사람이 맞긴 한가?

내가 다시 처음의 의문으로 돌아가 고개를 갸웃거리는 사이, 차사는 딱딱한 목소리로 물었다.

"현재 전 세계 인구가 몇 명이나 되는지 알고 있습니까?"

"아, 아니요."

"81억 6197만 2572명입니다. 이 순간에도 사람들은 계속해서 태어나고 죽으니 1만 명가량의 오차는 있겠습니다만."

"예에."

너무 큰 숫자라 오히려 현실감이 없었다. 81억이면 우리 반이 3억 2400개가……. 3억 개의 학급을 상상하려니 갑자기 눈앞이 어지러웠다.

"배달희 씨는 81억 인구 중에 단 한 명, 저승과 이승을 드나들 수 있는 유일한 존재입니다. 그만큼 특별하단 뜻이죠."

"예……. 예?"

무심코 대답하다가 그만 빽 소리를 질렀다. 어마어마한 말에 심장이 쿵 내려앉았는데, 정작 파문을 일으킨 차사는 대수롭지 않은 투로 말을 이었다.

"이승과 저승을 잇는 중요한 일을 아무에게나 맡기지는 않습니다. 그랬다간 세상의 순리가 어그러질 테니까요."

"어……."

도저히 믿기지 않았다. 81억 명 중에서 선택된 단 한 사람이 나라니? 내가 그렇게 굉장한 사람일 리 없는데? 나는 단 한 명이 아니라 81억 명에 속하는 사람이다. 누구도 관심을 가지지 않는 흔하디흔한 사람, 생일을 잊어도 누구 하나 신경 쓰지 않는 사람 말이다.

숨이 턱 막히는 기분에 얼굴이 새하얗게 질린 채 서둘러 고개를 저었다.

"저는 그렇게 대단한 사람이 아니에요. 그렇게 중요한 일이라면 다른 사람에게 맡기는 편이 좋을 것 같아요. 저는 분명 일을…… 망칠 거예요.”

“아니요, 배달희 씨는 잘할 수 있습니다. 저를 믿으세요. 저는 차사가 된 이후 단 한 번도 실수하지 않았습니다.”

나도 모르게 차사를 멍하니 쳐다보았다. 차사는 왜 저토록 확고하게 나를 믿는 것일까? 눈에 띄게 잘하는 것 하나 없는 변변찮은 나를.

차사가 굳게 장담할수록 그의 기대에 부응하지 못할까 봐 두려웠다. 내가 그토록 대단한 일을 할 수 있을 거라는 생각도 들지 않았고, 결국 나를 믿어준 차사를 실망시킬까 봐 걱정스러웠다.

“받으세요.”

하지만 차사는 내게 망설일 틈도 주지 않았다. 차사의 박력에 눌려 얼떨결에 손을 내밀자 손바닥 위에 황금색의 네모난 카드가 놓였다.

“이게 뭔가요?”

나는 손에 든 카드와 차사를 멀뚱멀뚱 번갈아 보며 물었다. 차사가 시계를 힐긋거리며 빠르게 설명했다.

“저승으로 들어가는 출입증입니다. 그걸 여기에 갖다 대면 저승으로 향하는 문이 열립니다.”

그와 함께 차사가 자신의 카드를 벽에 대자 하얀 벽이 일렁

이더니 금세 엘리베이터 문이 생겼다. 눈으로 보고도 믿을 수 없는 광경에 쩍 하고 입을 벌렸다. 내가 할 말을 잃은 사이에도 일은 착착 진행되고 있었다.

"배달희 씨의 방에 저승으로 통하는 출입문을 만들어두었습니다. 매일 밤 자정에 이 문을 통해 저승으로 가서 편지를 수거한 후 이승에 있는 사람에게 전달해 주면 됩니다. 자세한 건 담당자를 찾아가십시오. 저승 입구 주민센터의 민원실로 가면 됩니다."

"저승 입구 주민센터……."

"자, 그러면 저는 이만 돌아가 보겠습니다. 오늘 하루에 거둬들여야 할 망자가 서른두 명입니다. 여기서 늑장을 부렸다간 죽어야 할 사람이 살게 되고, 그럼 이승의 질서가 어그러지겠죠. 다음에 또 만납시다."

"아니, 잠깐만요. 저는 정말로 자신이……."

"출근은 내일부터 하면 됩니다."

그 말을 끝으로 차사는 순식간에 눈앞에서 사라졌다. 혼자 남은 나는 반쯤 뻗은 팔을 이러지도 저러지도 못한 채 허공만 빤히 응시했다.

꿈인가? 살며시 뺨을 꼬집어 보았다.

"아야."

눈물이 핑 돌 만큼 아팠다. 게다가 내 손에는 차사가 주고 간 황금색 카드가 남아 있었다. 마치 보석처럼 찬란하게 빛나는 카드가.

"······말도 안 돼."

말이 안 되는 것들을 나열하자면 끝이 없었다. 일단 저승차사가 나를 찾아온 것부터가 비현실적이었다. 게다가 저승으로 통하는 문이 엘리베이터라는 점과 그걸 작동하는 방법이 카드 키라는 게······.

"너무 현대적이잖아."

그러나 그중에서 가장 말이 안 되는 건 아무래도 이 한마디였다.

"내가 특별하다고?"

말을 뱉자마자 얼굴이 화끈 달아올랐다. 누가 들었을까 봐 주위를 두리번거렸다. 다행히 내 방엔 나 말고 아무도 없었다.

"분명 뭔가 착각한 거야. 곧 다시 나타나 실수라며 미안하다고 하겠지."

그 생각에 12시가 넘을 때까지 뜬눈으로 버텼지만 차사는 끝내 나타나지 않았다.

"배달희 씨는 81억 인구 중에서 저승과 이승을 드나들 수 있는 유일한 존재입니다. 그만큼 특별하단 뜻이죠."

언제 잠이 들었는지는 알 수 없었다. 하지만 확실한 건 차사의 그 말이 꿈속에서도 계속 나를 따라다녔다는 것이다.

"배달희 씨는 특별한 존재입니다. 특별한 존재……. 특별한……."

*

"학교 다녀오겠습니다!"

인사를 하는 둥 마는 둥 마치고서 대문을 박차고 나갔다. 언뜻 엄마의 잔소리가 들린 것 같았지만 대꾸할 여유는 없었다. 오늘은 중학생이 되는 첫날이고, 중요한 하루를 지각으로 시작하고 싶지 않았다. 생각해 보라. 새 학기에 첫인상이 얼마나 많은 것을 좌우하는지.

그런데 이렇게 중요한 날 늦잠을 자고 말다니.

"이게 다 차사 때문이야."

저승 우체부, 81억 명 중의 한 명, 저승차사에게 들었던 말이 전부 멀게만 느껴졌다. 어젯밤에 있었던 일을 곱씹으며 골목 모퉁이를 도는 순간이었다.

쿵.

"아얏!"

맞은편에서 다가오던 누군가와 부딪히고 말았다. 나는 욱신거리는 무릎을 만지며 반사적으로 고개를 꾸벅 숙였다.

"죄송합니다. 앞을 제대로 안 보고 뛰는 바람에……. 응?"

정신없이 사과하던 도중 눈앞의 상대를 보고는 두 눈을 크게 떴다. 나와 부딪힌 건 사람이 아니었다. 커다란 몸집의 개가 꼬리를 밟힌 채 아프다는 소리도 내지 못하고 낑낑거리고 있었다. 나를 올려다보는 새카만 눈동자가 물에 젖은 조약돌처럼 반들거렸다.

"으악, 미안!"

나는 깜짝 놀라 서둘러 발을 치웠다. 인절미 색의 리트리버였다. 뒤늦게 개가 입은 노란색 조끼가 눈에 띄었다. 조끼에는 '안내견'이라는 글자가 큼지막하게 적혀 있었다.

언젠가 봤던 다큐멘터리에서 안내견은 발을 밟혀도 짖지 않는다고 했던 기억이 났다. 앞을 보지 못하는 주인이 놀랄까 봐 짖지 않도록 훈련을 받는다고 말이다.

"미안해. 아팠지?"

내 사과에 안내견은 대답 대신 복슬복슬한 꼬리를 흔들어 보였다. 마치 괜찮다고 인사하는 것 같았다. 무심코 안내견의 머리를 쓰다듬으려다 멈칫했다. 그러고 보니 영상의 끝에 안내견은 함부로 만져서도, 간식을 줘서도 안 된다는 내용이 있었던 것 같았다.

나는 뻗었던 손을 거두며 안내견의 주인을 향해 고개를 꾸벅 숙였다.

"놀라게 해서 죄송합니다."

상대는 내가 누구인지 모를 테지만 나는 상대가 누구인지 알고 있었다. 바로 석 달 전에 이사 온 이웃집 언니였다.

세희 언니는 나와 달리 주인공의 자질을 가지고 있었다. 이사 오자마자 동네 사람들의 관심을 한 몸에 받았기 때문이다. 언니를 궁금해하는 사람들 가운데에는 우리 엄마도 있었는데, 그 덕에 나도 세희 언니에 대해 속속들이 알게 되었다.

"요 앞 비어 있던 이층집에 드디어 이사를 온 모양이더라. 근데 그 집 딸이 앞을 못 본다지 뭐냐. 이름이 세희였지. 이만한 개를 데리고 다니더라고. 쯧쯧, 달희 너보다 겨우 세 살 많다고 하던데, 어느 날 갑자기 그렇게 됐대. 안 된 일이지, 참으로 안 된 일이야."

그때 엄마한테는 괜한 오지랖 부리지 말라며 쏘아붙여 놓고 막상 소문의 주인공과 마주치니 나 또한 무슨 말을 해야 좋을지 알 수 없었다.

"제가 오늘 늦잠을 자는 바람에 서두르다가……."

"가자, 하루."

내 말이 끝나기도 전에 세희 언니는 안내견의 리드 줄을 잡아당겼다. 하루가 내게 꼬리를 흔드느라 늑장을 부리자 언니는 강하게 줄을 낚아챘다. 목소리도 좀 더 신경질적으로 변했다.

"빨리 가자니까! 하루!"

나를 힐긋거리던 하루는 마지못해 걸음을 내디뎠다. 방금까지 깃털처럼 가볍게 흔들리던 꼬리가 아래로 축 처진 채 말이다. 하루와 세희 언니는 금세 길 반대편으로 사라졌다. 우두커니 서서 하루의 뒷모습을 바라보던 나는 퍼뜩 정신을 차렸다.

"큰일 났다! 이러다 정말 지각하겠어!"

숨이 턱 끝에 차도록 열심히 달렸다. 덕분에 늦지 않게 교실 안에 도착할 수 있었다. 나는 입구에 적힌 숫자를 다시 한번 확인한 후 눈에 띄지 않으려 어깨를 움츠리고 교실 안으로 들어갔다.

긴장한 건 나뿐만이 아니었다. 새 학년이면 늘 그러하듯 교실에는 어색함과 경계심, 그리고 조바심이 공존하는 묘한 공기가 흘렀다. 나는 적당한 자리를 찾으려 주위를 둘러보았다. 아는 얼굴이 몇 명 있었지만 친한 아이는 한 명도 없었다.

"하아."

나도 모르게 한숨이 터져 나왔다. 내게 3월은 불안하고 예민한 계절이다. 학교생활을 잘하려면 여러 무리 중 하나에는 들어가야 하는데, 그건 내 의지로 선택할 수 있는 일이 아니기 때문이다.

소심한 성격을 가진 나는 초등학생 때부터 늘 친구를 사귀는 게 쉽지 않았다. 어떻게 말을 걸어야 할지 누가 내게 호의를 가지고 있을지 몰라 허둥대기 일쑤였다. 그렇다고 남들 눈치 안 보며 씩씩하게 혼자 다닐 용기가 있는 것도 아니었다. 내가 할 수 있는 최선은 누군가 말을 걸어줄 때까지 얌전히 기다리는 것뿐이었다.

'올해는 누구와 친구가 되려나.'

그나마 초등학교 땐 하은이가 있어서 다행이었다. 하은이는 나와 달리 발이 넓었다. 그래서 하은이를 따라다니다 보면 나도 덩달아 어울리는 친구가 한 명씩 늘었다. 혼자서 밥을 먹을 필요도 없었고, 혼자서 화장실을 갈 필요도 없었다. 하교를 할 때도 언제나 무리를 지어 다닐 수 있었다.

가끔은 먹고 싶지 않은 햄버거를 먹어야 할 때도 있었고, 또 가끔은 좋아하지 않는 애니메이션을 봐야 할 때도 있었지만, 그런 번거로움은 혼자가 아니라는 안도감에 비하면 별것 아니었다.

'그러고 보니 하은이와는 어떻게 친해지게 됐더라?'

곰곰이 기억을 되짚어 봤지만 생각이 나지 않았다. 아마도 하은이가 먼저 말을 걸었을 것이다.

하은이와 친해진 계기가 기억나지 않는 것처럼 하은이와 멀어진 계기도 명확히 떠오르지 않았다. 언제부턴가 메시지를 주고받는 횟수가 줄어들다가 이제는 마지막으로 연락한 지가 언제인지도 깜깜했다.

왜일까? 나한테 서운한 게 있었던 걸까? 한동안은 이유도 모른 채 텅 빈 대화창만 뒤적였다. 그렇다고 먼저 연락해 이유를 물어볼 배짱도 없었다.

'지금은 그런 생각을 할 때가 아니야.'

고개를 절레절레 저으며 상념을 털어낸 후 빈자리에 앉았다. 그러곤 천천히 고개를 돌려 창밖을 내다보았다. 교정에 우뚝 선 벚꽃나무에 새파란 싹이 돋아났다. 차가운 바람에 옅은 봄기운이 섞이기 시작했다. 나는 모든 것이 시작되는 눈부신 계절을 심드렁한 표정으로 쳐다보았다.

"재미없어."

무심코 중얼거리며 고개를 돌리다 익숙한 뒷모습을 발견했다. 찰랑거리는 단발머리와 꼿꼿한 상체. 뒤통수만 보고도 누구인지 알아차렸다.

'지우구나. 올해도 같은 반이네.'

6학년 때 한 반이었던 지우와 같은 중학교에 배정되었다는 건 알았는데 같은 반인 줄은 미처 몰랐다. 지우에게 먼저 인사해 볼까? 머릿속은 복잡한데 차마 입이 떨어지지 않았다. 별것도 아닌 인사 한마디에 실수라도 할까 싶어 심장이 두근거렸다. "안녕, 지우야. 올해도 같은 반이네. 잘 부탁해"라는 말을 마음속으로 몇 번이나 연습해 보았다. 막상 인사를 했는데 지우가 당황한 표정으로 쳐다보면 어떡하지? 작년엔 딱히 친한 사이도 아니었잖아.

그때 짝이 무슨 말을 했는지 지우가 고개를 돌리며 까르르 웃었다. 동시에 반 아이들이 지우를 돌아보았다.

그리 이상한 일은 아니었다. 지우는 언제나 주변의 관심을 한 몸에 받았으니까. 6학년 시절 반장이었던 지우는 공부도 잘하고 운동도 잘했다. 심지어 선생님이 갑자기 노래를 시켜도 빼는 법이 없었다.

어디 그뿐인가. 친절하고 배려심이 깊어 잘 어울리지 못하는 아이까지도 세심하게 신경 썼다. 하은이와 처음으로 다른 반이 되어 잔뜩 얼어붙은 내게 가장 먼저 말을 걸어준 사람도 지우였다.

친구를 괴롭히는 아이가 있으면 따끔하게 싫은 소리를 하는 용기도 있었다. 선생님들은 지우를 신뢰했고 친구들은 지우를 좋아했다.

"주인공 같아."

그래, 지우 같은 아이야말로 인생이라는 영화의 주인공일 것이다. 나는 그런 주인공의 같은 반 친구 1일 테고.

그 순간 뒤를 돌아보던 지우와 눈이 마주쳤다. 쳐다보던 시선을 들키는 바람에 나도 모르게 민망한 표정을 짓고 말았다.

"안녕, 달희야. 올해도 같은 반이네."

"……응."

"잘 부탁해."

"나도."

지우는 "그래서 어떻게 됐는데?"라는 짝의 물음에 아무렇지 않게 고개를 돌렸다. 나도 지우에게서 시선을 떼고 다시 창밖을 내다보았다. 이번에도 지우가 먼저 말을 걸었다. 나는 어째서 평범한 인사조차 하지 못하는 것일까?

'이런 내가 정말 81억 인구 중의 특별한 한 명이라고?'

역시 꿈을 꾼 게 분명하다.

"……희, 배달희!"

"예? 예!"

짝이 옆구리를 쿡 찌르는 바람에 퍼뜩 정신을 차렸다. 고개를 들어보니 모두가 나를 쳐다보고 있었다. 얼굴과 목이 익은 문어처럼 새빨개졌고, 시선은 갈 곳을 잃은 채 아래로 떨어졌다. 선생님이 어금니를 꽉 깨문 채 웃었다. 왠지 모르게 목덜미가 서늘했다.

"첫날부터 딴생각이라니 배짱이 아주 좋구나."

"……죄송합니다."

쥐구멍이 있다면 숨고 싶었다. 나는 입이 열 개라도 할 말이 없다는 듯 책상만 뚫어지게 노려보았다. 선생님은 곧이어 다른 얘기를 시작했고 아이들의 시선도 흩어졌지만, 나는 끝내 고개를 들지 못했다.

그 후로는 시간이 무척 빠르게 흘러갔다. 종례가 끝나자마자 뒤도 돌아보지 않고 집으로 달려갔다. 얼른 카드 키를 대보고 싶었다. 그러면 어제 일이 꿈도 망상도 아니라는 사실을 확신할 수 있을 것 같았다.

주머니 속의 카드 키를 만지작거리며 걸음을 서두르던 그때였다.

"말귀를 못 알아듣네. 개는 가게에 데리고 들어갈 수 없다니까, 학생."

어디선가 날아온 짜증 섞인 목소리에 나도 모르게 멈춰 섰다. 지나가는 사람들이 몇 달 전에 새로 생긴 피자 가게를 힐끗거리고 있었다. 정확하게는 피자 가게 앞에서 신경전을 벌이고 있는 두 사람을.

"어, 저 사람은 세희 언니잖아."

가게 입구 앞에 서 있는 사람은 오늘 아침 만난 세희 언니였다. 피자 가게 주인아저씨가 하루의 리드 줄을 쥔 세희 언니를 향해 삿대질을 했다. 물론 세희 언니에겐 그 모습이 보이지 않겠지만, 아저씨의 공격적인 태도에 겁을 먹은 하루는 엉덩이 사이로 꼬리를 감추었다.

누가 설명해 주지 않아도 어떻게 된 상황인지 알 것 같았다. 목줄을 바투 쥔 세희 언니가 날카로운 목소리로 쏘아붙였다.

"모르시나 본데 법적으로 안내견은 식당에 들어갈 수 있다고요."

"법이 어떤지는 내가 알 바 아니고, 내 가게는 안 된다니까 그러네. 손님이 먹는 피자에 개털이라도 들어가면 학생이 보상해 줄 건가? 개가 난동을 피워서 테이블을 엎기라도 하면 학생이 보상해 줄 거난 말이야. 어?"

세희 언니가 입술을 질끈 깨물었다. 언니는 치미는 화를 참으려는 듯 주먹을 바들바들 떨었다.

나는 아저씨가 잘못했다는 걸 안다. 세희 언니 말처럼 안내견은 식당이나 공공장소에 출입할 수 있고, 그건 법으로 보장된 권리다. 하지만 여기서 언니의 편을 들기엔 아저씨가 너무 무서웠다. 나도 모르게 슬그머니 시선을 피했다. 다른 사람들이 그러는 것처럼 보고도 못 본 척 발길을 돌렸다.

끼잉.

그 순간 하루와 눈이 마주쳤다. 젖은 조약돌처럼 새카만 눈동자가 언뜻 반가운 기색을 띠었다. 엉덩이 아래에 들어가 있던 꼬리가 밖으로 나와 살랑살랑 흔들렸다. 그 모습을 보고도 나는 하루의 시선을 외면했다. 심장이 욱신거렸다.

"이 학생 눈만 안 보이는 줄 알았는데 말도 안 통하네."

아, 저 말은 너무 심했다. 아니나 다를까 애써 무표정으로 버티던 세희 언니의 얼굴이 당혹스러운 빛을 띠었다. 입매가 일그러지고 눈썹이 찌푸려졌다. 어쩌면 언니가 울지도 모르겠다는 걱정이 들던 순간이었다.

"아저씨, 말씀이 너무 심하신 거 아니에요?"

야무진 목소리가 두 사람 사이에 끼어들었다. 익숙한 목소리라는 생각에 뒤를 돌아보니 어디선가 나타난 지우가 아저씨를 쏘아보고 있었다. 나는 도망가던 걸음을 멈추었다. 그리고 멍하니 지우를 쳐다보았다.

지우는 지나가는 사람들에게 다 들릴 만큼 커다란 목소리로 말했다.

"안내견은 법적으로 식당이나 공공시설, 대중교통을 이용할 수 있어요. 만약 거부하면 벌금을 내셔야 해요."

"뭐? 벌금? 학생이 지금 날 협박하는 건가? 응?"

아저씨가 소매를 둘둘 걷으며 지우에게 으름장을 놓았다.

"됐어, 그냥……."

세희 언니가 등을 돌리려던 찰나, 몇 걸음 떨어진 곳에서 지켜보던 아주머니가 거들었다. 지우의 등장에 용기를 얻은 모양이었다.

"학생 말이 맞지, 뭐. 나도 벌금 낸다는 얘기 뉴스에서 봤는데. 어린 학생이 아주 똑똑하네."

"그러게, 학생도 아는 걸 어른이 몰라서야 쓰나."

이번에는 지나가던 아저씨도 한마디를 보탰다. 그제야 많은 사람이 자신을 지켜보고 있다는 사실을 깨달은 피자 가게 아저씨가 불쾌한 표정으로 인상을 찡그렸다. 아저씨는 한풀 수그러든 목소리로 말했다.

"들어오려면 들어오든가."

지우가 세희 언니의 팔을 잡으며 입술을 삐죽였다.

"언니, 들어가지 마요. 여기서 조금만 더 가면 훨씬 맛있는 피자집이 있어요. 치즈가 아주 끝내준다고요. 저는 그 집 피자만 먹거든요. 제가 거기까지 데려다줄게요."

"그래, 손님 가려 받는 식당 가는 거 아니야. 다른 데 가, 다른 데. 동네 장사하는 사람이 저렇게 융통성이 없어서야, 원."

나이 지긋한 할머니까지 합세하자 아저씨는 침을 퉤 뱉고 가게 안으로 들어갔다.

"됐어. 피자 같은 건 먹고 싶지 않아. 가자, 하루."

세희 언니는 싸늘한 태도로 지우의 손을 떼어냈다. 고개를 떨군 채 터벅터벅 언니를 따라 걸음을 옮기던 하루가 내 쪽을 돌아보았다. 또다시 하루와 눈이 마주치는 순간, 나는 그 자리에서 한 발짝도 움직이지 못했다. 침울한 눈동자가 내 비겁함을 꿰뚫어 보는 것 같았다.

"가자니까!"

세희 언니가 목줄을 거칠게 당기자 하루는 다시 앞을 보며 걷기 시작했다. 세희 언니의 뒷모습을 지켜보던 지우도 이내 등을 돌리곤 반대 방향으로 걸어갔다. 모여 있던 사람들까지 모두 흩어졌지만 나는 여전히 그 자리에 못 박힌 듯이 멈춰 서 있었다.

문득 내 얼굴이 일그러졌다. 어쩌면 새빨갛게 달아올랐는지도 모르겠다. 아까 전 교실에서처럼 사람들의 관심을 받아서는 아니었다. 하루를 모른 척한 내 행동이 부끄러워서였다.

"나는 하나도 특별하지 않아."

차사의 말처럼 내가 특별한 존재라면 세희 언니를 위해 나섰어야 했다. 못 본 척 지나치는 게 아니라 용기를 냈어야 했다. 하지만 나는 그러지 못했다.

"비겁해."

이런 내가 특별하다니 말도 안 된다. 역시 뭔가 착오가 있었던 게 틀림없다. 그렇게 생각하던 순간.

"저 아저씨 재수 없지 않니?"

낯익은 목소리가 들려왔다. 돌아보지 않아도 목소리의 주인공이 누구인지 알아차렸다.

"하은……."

반가운 표정으로 고개를 돌리다 말고 멈칫했다. 하은이는 친구와 팔짱을 낀 채 귓속말을 속닥거리고 있었다. 하은이도 나처럼 오늘 중학교에 입학했을 텐데 벌써 친한 친구가 생긴 모양이었다. 하긴 하은이는 나와 달리 낯선 사람에게도 쉽게 말을 거니까 그리 이상한 일은 아니었다.

나도 모르게 골목 안으로 숨었다. 이유는 알 수 없었다. 그냥 지금 내 모습을 하은이에게 들키고 싶지 않았다.

"안내견 쫓아내는 얘기 인터넷으로만 봤는데 너무하다."

"아까 아저씨한테 소리친 애 나랑 같은 초등학교에 다녔어. 하나도 안 변했네."

"그래? 참, 너 영어 학원 다닌다고 했지? 어디 다녀? 엄마가 나도 영어 학원 등록하라고 했는데, 이왕이면 하은이 너랑 같은 학원 다니게. 그럼 매일 같이 놀 수 있잖아."

"좋아. 어디냐면······."

하은이는 친구와 까르르 웃으며 내 앞을 지나갔다. 나는 하은이의 뒷모습이 사라지고 나서야 골목 밖으로 걸어 나왔다. 그러고는 땅만 내려다보며 집으로 향했다. 조금 전 하루가 그랬던 것처럼 힘 빠진 걸음으로 터벅터벅.

현재 시각 11시 59분.

낮에 있었던 일 덕분에 혹시나 싶었던 생각은 확신으로 바뀌었다. 세희 언니도 못 본 척하는 내가 특별한 존재라니 뭔가 잘못된 게 분명했다.

문제는 내가 차사의 연락처를 모른다는 사실이었다. 차사가 맡긴 임무를 거절하려 해도 연락할 방법이 없었다. 카드 키를 들고 고민하는 사이 시계는 어느새 12시 정각을 가리켰다.

"별수 없네. 직접 찾아가서 못 하겠다고 말하는 수밖에."

나는 황금색 카드 키를 벽에 가져다 댔다. 아무것도 없던 하얀 벽이 일렁이더니 엘리베이터 문이 나타났다. 두 번째인데도 영 익숙해지지 않았다. 그 사이 엘리베이터 문이 열렸다.

잠시 망설이던 나는 천천히 승강기에 올랐다. 그리고 신기한 표정으로 안을 둘러보았다.

카드와 같은 황금색으로 이루어진 엘리베이터 내부는 내 얼굴이 비칠 만큼 번쩍거렸다. 벽면에 숫자 대신 글자를 입력할 수 있는 키패드가 있었고, 그 옆엔 '저승 입구'라고 적힌 버튼이 하나 보였다. 짧은 고민 끝에 나는 그 버튼을 손가락으로 꾹 눌렀다.

이내 문이 닫히고 멈춰 있던 엘리베이터가 움직이기 시작했다. 어찌나 빠르게 올라가는지 마치 비행기에 탄 것처럼 귀가 먹먹했다.

"목적지에 도착했습니다."

다시 엘리베이터의 문이 열렸다. 조심스럽게 주위를 살피며 밖으로 나가자 허허벌판 위에 덩그러니 서 있는 건물 한 채가 보였다. '저승 입구 주민센터'라고 적힌 간판이 아니었다면 이곳이 저승이라는 사실이 믿기지 않을 만큼 평범한 풍경이었다.

"어디서 봤더라? 아!"

명절 때마다 내려가는 할머니 댁이 딱 이런 느낌이었다. 자동차보다는 자전거가 어울리는 흙길과 주황색 지붕을 인 몇 채의 집들, 오래된 느티나무와 사람 그림자라고는 하나도 보이지 않는 한적함까지. 눈앞의 광경은 평온한 시골 마을과 다름없었다.

어디선가 느껴지는 시선에 고개를 들었다. 지붕 위에 앉은 까마귀 한 마리가 나를 내려다보고 있었다.

"안녕."

까아악.

까마귀는 긴 울음을 흘리며 반대편으로 날아갔다. 나는 유유히 흘러가는 구름을 올려다보다가 긴 한숨을 내쉬었다.

'어쩌다 여기까지 왔을까?'

엄마는 친구 부탁을 거절하지 못하는 내게 "싫다는 말 못 하면 나중에 큰 사기 당한다. 안 될 땐 딱 잘라서 안 된다고 해야지"라며 잔소리를 하고는 했다. 그럴 때마다 "사기 안 당해!"라며 소리를 뺙 질렀는데, 왠지 이번에는 엄마 말이 맞을지도 모른다는 불길한 예감이 들었다.

"사기면 어떻게 하지?"

나는 불안한 표정으로 주민센터의 문손잡이를 쥐었다.

"후아."

크게 심호흡을 하고 조심스럽게 문을 밀었다. 닫혀 있던 문이 벌어지며 서서히 건물 안의 광경이 드러났다.

"해줘! 왜 안 된다는 거야!"

문을 열자마자 들려오는 소리에 깜짝 놀라 어깨를 움츠렸다. 머리가 반쯤 벗겨진 아저씨가 1번이라고 쓰인 창구 앞에서 고함을 지르고 있었다. 테이블 너머에 앉은 젊은 여자는 한숨을 푹 내쉬었다.

"아니, 김 씨 아저씨. 제가 몇 번이나 말씀드려요. 그건 주민센터에서 해결할 수 없는 일이라니까요? 시청으로 가세요, 시청으로."

"시청으로 가니까 주민센터로 가라잖아. 내가 올해로 저승에 온 지 딱 200일째야. 근데 여권을 발급 못 받는다는 게 말이 돼?"

"그러니까 여권 발급은 시청 업무라니까요. 재판 기록도 있어야 하고요. 재판 기록이 없으면 저승 출입이 엄격히 금지되는 거 아시잖아요. 아무리 고함을 지르셔도 여기선 도와드릴 수 있는 게 없어요."

"에이, 거 참 하루이틀 얼굴 본 사이도 아니고. 융통성이 없네. 내가 누군 줄 알아? 알면 나한테 못 이러지!"

"아저씨가 염라대왕이라도 안 되는 건 안 돼요."

"됐어! 안 한다, 안 해! 주민센터가 여기밖에 없나!"

김 씨 아저씨는 들고 있던 종이를 획 던지고 돌아섰다. 씩씩거리며 다가온 아저씨가 내 어깨를 툭 치고 지나갔다. 그 바람에 잡고 있던 문손잡이를 놓친 나는 덜컹거리는 문에 코를 박고 말았다.

"아야."

눈물이 핑 돌았다. 욱신거리는 코를 문지르는데, 김 씨 아저씨와 싸우던 여자가 옆에 앉은 남자한테 푸념을 늘어놓는 소리가 들렸다.

"시청에는 가지도 않았으면서 갔다고 거짓말하는 것 좀 봐. 이 동네는 재판받기 전에 머무는 저승 입구인데 200일? 여기선 일주일만 머물러도 문지기가 잡으러 온다고요, 아저씨. 아오, 내가 직장만 아니었으면 같이 멱살 잡고 싸우는 건데. 목구멍이 포도청이라고 그놈의 밥줄이…… 어머."

울분을 토하던 여자는 나와 눈이 마주치자 민망한 표정으로 두 눈을 크게 떴다. 지켜보는 사람이 있는 줄 몰랐던 모양이다. 옆에 앉은 남자 직원은 이런 일이 익숙한 듯 묵묵히 서류만 들여다보았다.

"아하하."

방금까지 걸쭉하게 욕을 하던 여자는 순식간에 친절한 미소를 지었다. 상냥한 동시에 사무적인 목소리가 내 발치로 날아왔다.

"무엇을 도와드릴까요?"

"어, 저……."

나는 여자의 눈치를 살피며 쭈뼛쭈뼛 창구로 걸어갔다. 그러면서 곁눈질로 주변을 힐끔거렸다. 현대적인 감각의 사무실은 저승이라기보다는 특색 없는 관공서 같았다. 저승이란 말에 어둡고 무시무시한 공간을 생각했는데, 이승과 크게 다르지 않은 모습을 보니 왠지 모르게 마음이 놓였다.

"저승에 온 날짜가 필요하시면 저쪽에서 전입신고서를 떼면 되고, 신분증을 갱신하시려면 이쪽에서 서류를 작성해 주시면 됩니다. 아, 여행에 필요한 여권을 만드시려면 여기가 아니라 시청으로 가셔야 해요. 시청은 저승 안쪽 마을에 있고요. 출입국관리소를 지나야 하죠."

"그게 아니라요……."

내 목소리는 내가 듣기에도 작고 소심했다. 또다시 스스로가 초라하게 느껴졌다. 이게 뭐라고 주눅이 드는지. 지우였다면 웃는 얼굴로 인사를 건네며 당당하게 용건을 말했을 텐데. 나는 열리지 않는 목구멍을 억지로 쥐어짰다.

"안녕하세요, 저는 배달희라고 하는데요."

"배달희? 아, 배달희 씨!"

여자가 기억났다는 듯 손뼉을 짝 쳤다.

"우체부 배달희 씨! 맞죠?"

"예, 그런데 실은……."

"그렇지 않아도 센터장님께 얘기 듣고 기다리고 있었어요. 업무에 관해 설명해 드릴 테니 저를 따라오세요."

"네? 아니, 그게 아니라……."

붙잡을 새도 없이 여자는 옆자리 직원에게 잠시 자리를 비우겠단 말을 하곤 '상담실'이라고 쓰인 방문을 열었다.

"이쪽으로 앉아요."

"감사합니다."

천천히 대화해 봐야겠다는 생각에 우선 여자를 따라온 나는 주먹을 무릎 위에 올리곤 허리를 폈다. 언제 거절을 하면 좋을지 틈을 보는데 여자는 대뜸 자기소개부터 건넸다.

"저는 한경희 주무관이에요. 그냥 한 주무관이라고 부르면 돼요."

"아, 안녕하세요, 한 주무관님."

인사를 하느라 "못 하겠다"라는 말을 할 타이밍을 또 놓치고 말았다. 그사이 한 주무관은 수첩을 뒤적이며 건조한 어조로 말을 이었다.

"어디까지 설명을 들으셨는지 모르겠지만 배달희 씨는 저승의 편지를 이승에 전달하시면 돼요. 원래 죽은 자들은 서천을 건너면서 이승의 기억을 잃기 마련인데, 요즘 저승 상황이 말이 아니어서…….”

저승 상황이 왜 말이 아닐까? 내 의문을 눈치챈 한 주무관이 깊은 한숨과 함께 씁쓸한 표정을 지었다.

“얼마 전부터 서천을 건너도 기억을 잃지 않는 망자들이 많아졌고, 그 탓에 저승의 질서가 어지러워졌답니다. 자세한 건 배달희 씨도 곧 알게 될 거예요. 어쨌든 망자들의 미련을 풀어 줄 방법을 찾다가 편지를 전해주자는 얘기가 나오게 됐어요. 난동을 부리지 않고 얌전히 저승에 가는 조건으로 딱 한 번, 딱 한 사람에게만 편지를 전해주자는 거죠.”

팔랑팔랑 수첩을 뒤적이던 한 주무관은 원하던 내용을 찾았는지 “아, 여기 있네요” 하며 덧붙였다.

“오늘 중으로 주민센터 앞에 우체통을 설치해 둘 거예요. 배달희 씨는 내일부터 매일 밤 자정에 이곳을 방문해 우체통에 있는 편지를 수거한 후 받는 사람의 주소를 확인해서 수취인에게 전해주면 됩니다. 그리 어려운 일은 아니죠?”

물론 어려운 일은 아니다. 하지만 지구상 딱 한 사람에게만 맡겨진다는 일을 내가 할 수 있을지는 자신 없었다. 나는 손가락을 꼼지락거리며 우물쭈물 말을 이었다.

“그거 말인데요…….”

“아, 뭘 걱정하는지 알겠네요.”

척하면 척이라는 듯 한 주무관이 이를 드러내며 웃었다.

"편지를 받는 사람들이 배달희 씨를 괴한으로 착각해 경찰에 신고하면 어쩌나 걱정하는 거죠?"

그 걱정은 아니었지만 듣고 보니 그것도 우려스럽긴 했다. 내가 슬그머니 고개를 끄덕이자 한 주무관이 그럴 줄 알았다는 표정으로 기세등등하게 답했다.

"배달희 씨는 망자, 그러니까 죽은 사람의 편지를 산 사람에게 전해줄 겁니다. 사실 그건 순리에 어긋나는 일이거든요. 저승과 이승은 엄격하게 구분되어 있고 원칙적으로 두 세계는 이어질 수 없으니까요. 그래서 살짝 편법을 동원했어요."

"편법이요?"

"배달희 씨는 그들의 꿈속으로 찾아가게 됩니다. 그러니까 그들이 경찰을 부른다고 해도 그건 꿈에서 일어나는 일이니 걱정할 필요가 없다는 뜻입니다."

"그렇군요……."

사실 한 주무관의 말을 완벽하게 이해하지는 못했다. 하지만 모르는 걸 모른다고 말할 용기가 나지 않아 우선은 고개를 끄덕였다. 그보다 지금 중요한 건 거절이다. 일단 못 하겠다는 말부터 해야 했다.

"사실 그 일 말인데요. 아무리 생각해도 저는 못……."

"아, 무슨 말인지 알겠습니다."

한 주무관이 이번에도 내 말을 싹둑 잘랐다. 그러곤 "제가 이 일을 오래 해서 이제는 민원인의 얼굴만 봐도 무슨 말을 할지 다 안다니까요" 하며 으스댔다.

"달랑 주소 하나만 들고 편지 받는 사람의 집을 어떻게 찾아갈지 걱정이었죠? 이승이 손바닥만 한 곳도 아닌데."

그 말을 하려 한 건 아니었지만 듣고 보니 그것도 걱정이었다. 특히 자정이 넘은 시간이면 버스도 다니지 않을 텐데. 내가 궁금한 표정으로 고개를 끄덕이자 한 주무관은 의기양양하게 고개를 끄덕였다.

"여기에 올 때 탔던 엘리베이터를 이용하면 됩니다."

"엘리베이터를요?"

"엘리베이터 벽면에 키패드가 있을 겁니다. 거기에 주소를 찍으면 목적지와 가장 가까운 저승 출입구에 배달희 씨를 데려다줄 겁니다. 눈에 보이지 않지만 이승과 저승을 잇는 문은 수백 개가 있거든요."

"아."

이야기를 들을 때마다 깜짝깜짝 놀라게 된다. 내가 생각한 저승은 험상궂은 귀신이 가득한 무시무시한 이미지인데, 실제 저승은 이승만큼이나 현대적이고 진보적이었다.

"무슨 생각을 하는지 알겠네요. 이승의 과학이 발전하는 동안 저승도 가만히 손 놓고 있지만은 않았답니다. 생각해 보세요, 죽은 과학자들이 여기서 뭘 하겠습니까?"

"예에."

하기야 그 말도 일리가 있었다. 컴퓨터를 발명한 사람이 죽어 저승에 오면 이곳에서도 컴퓨터를 만들 테니 말이다. 돌이켜 보니 차사도 나와 같은 기종의 휴대전화를 사용했던 것 같다. 내내 들여다보던 손목시계도 스마트워치였던 것 같고 말이다.

"자, 그럼 저는 아직 일이 남아 있어서 먼저 일어날게요. 조심해서 돌아가세요."

"예, 감사합니다."

한 주무관의 인사에 나는 어영부영 자리에서 일어나 머리를 꾸벅 숙였다. 잊고 있던 용건을 깨달은 것은 이미 상담실 문이 닫히고 난 뒤였다.

"아, 못 하겠다는 말을 했어야 했는데."

의자에 털썩 주저앉아 긴 한숨을 내쉬었다.

"싫다는 말 못 하면 나중에 큰 사기 당한다. 안 될 땐 딱 잘라서 안 된다고 해야지."

엄마의 잔소리가 귓가에서 뱅글뱅글 맴돌았다. 어른들 말을 들으면 자다가도 떡이 생긴다는 말이 괜히 나온 게 아니었다.

*

대문을 나선 순간부터 주위를 두리번거렸다. 평소보다 느린 걸음에는 세희 언니와 산책하는 하루를 만날 수 있을까 기대하는 마음이 담겨 있었다. 하루를 마주친다면 어제 모른 척해서 미안하다고 사과하고 싶었다. 다음엔 용기를 내서 네 편을 들어주겠노라고 약속하고 싶었다.

그리고 세희 언니에게도 먼저 말을 걸고 싶었다.

"……없네."

하지만 오늘은 하루가 보이지 않았다. 골목 앞을 서성거려 보았지만 어디에서도 타박거리는 발소리는 들리지 않았다. 여기서 더 늦었다가는 지각을 할 것이다. 결국 나는 미련 가득한 얼굴로 발길을 돌렸다.

그러면서도 연신 눈길은 뒤를 향했다. 모래주머니를 단 것처럼 발이 무거웠다. 그것이 죄책감 때문이라는 건 알고 있었다. 하루를 외면했던 비겁함이 쇳덩이처럼 묵직하게 가슴을 짓눌렀다.

문득 어제 본 하은이의 얼굴이 떠올랐다. 연락이 뜸해지기 전 우리는 '단짝즈'라고 불릴 정도로 친했고, 잠들기 전까지 시시콜콜한 메시지를 주고받을 만큼 긴 시간을 함께 보냈다.

"내가 뭘 잘못했나? 모르는 사이에 하은이의 마음을 상하게 했다든가……."

멍하니 휴대전화를 보다가 메신저 목록에서 하은이의 이름을 클릭했다. 그리고 조심스럽게 메시지를 적어 내려갔다.

> 안녕, 하은아. 오랜만이지?
> 새로운 중학교는 어때? 나는

마지막 글자에서 커서가 깜빡였다. 나는 완성되지 못한 문장을 몇 번이고 읽다가 끝내 휴대전화를 주머니에 집어넣고 말았다. 어쩌면 하은이는 내 연락이 반갑지 않을지도 모른다. 새로 사귄 친구와 노느라 나는 이미 잊어버렸는지도 모른다.

"하아."

가슴이 답답했다. 세상은 뜻대로 되지 않는 일투성이였다. 그중에서 가장 큰 걱정은 당장 오늘부터 편지를 배달해야 한다는 것이다. 낯선 동네를 헤매는 것도, 낯선 사람에게 말을 거는 것도 내겐 너무 부담스러운 일이었다.

'이럴 때 지우라면 어떻게 할까?'

아니, 애초에 지우라면 이런 고민을 하지 않을 거다. 지우는 처음 만나는 사람과도 친근하게 대화하고, 익숙하지 않은 길도 척척 찾을 테니까.

"못 하는 일은 처음부터 못 하겠다고 당당하게 말하겠지."

그렇게 생각하자 거절도 못 하고 돌아온 내가 더 한심했다. 똑같은 교복을 입은 아이들과 함께 교문을 통과했다. 그러다 문득 걸음을 멈추고 한 곳을 바라보았다. 벚꽃나무에 돋아난 새싹은 하루가 다르게 쑥쑥 자라고 있었다. 봄날의 연두색은 눈이 부실 만큼 선명했다.

"재미없어."

나도 모르게 그 말을 중얼거렸다. 언젠가부터 습관이 되어 버린 그 말을.

삶이 재미있어지는 날이 과연 오긴 올까? 할 수만 있다면 게임처럼 로그아웃을 했다가 다시 접속하고 싶었다. 그럼 이번에는 좀 더 능력 있는 캐릭터를 선택할 텐데. 나처럼 소심하고 어중간한 캐릭터가 아니라.

*

그날 자정 나는 다시 저승으로 향했다. 허허벌판 위에 서 있는 저승 입구 주민센터는 아직도 익숙해지지 않았고 그 앞에 서 있는 새빨간 우체통 역시 낯설기는 마찬가지였다.

"나 말고 할 사람이 없다고 하니까……. 딱 한 통만 해볼까? 그러고 안 되면 다시 한 주무관님을 찾아가는 거야."

말은 그렇게 했지만 심장 밑바닥에 깔린 설렘까지 완전히 숨길 수는 없었다. 81억 인구 중에 단 한 명만 가능하다던 저승차사의 말은 그날 이후 그림자처럼 줄곧 나를 따라다녔다. 아무에게나 일어나지 않을 특별한 일. 이것은 조연이 아니라 주인공에게 어울리는 일이었다.

'어쩌면 나도 주인공이 될 수 있을까?'

혼자 한 생각에 괜히 얼굴이 새빨개져 마른 손으로 뺨을 문지르며 걸음을 내디뎠다. 그리고 한 주무관에게 받은 열쇠로 우체통을 열었다. 편지가 몇 통이나 있을까? 첫날부터 너무 많으면 어떡하지? 차사를 보니까 엄청 바쁜 것 같던데, 편지가 산처럼 쌓여 있는 거 아냐? 한 통을 전달하는 것도 힘들 텐데 그 많은 편지를 정해진 시간 안에 배달하려면 얼마나…….

"응?"

걱정이 꼬리를 물고 이어지던 순간, 나는 얼빠진 표정이 되었다. 우체통 안이 텅 비어 있었기 때문이다. 고개를 쑥 들이밀고 위아래, 오른쪽 왼쪽을 모두 살폈지만, 어디에도 편지는 보이지 않았다.

"하아."

우습게도 긴장이 풀려 그 자리에 털썩 주저앉고 말았다. 빨간 우체통을 빤히 쳐다보다가 이내 고개를 갸웃거렸다.

"어떻게 된 일이지?"

엉덩이를 털고 일어난 나는 결국 살그머니 주민센터의 문을 밀고 한 주무관을 찾아갔다.

"여기 있습니다."

"감사합니다."

나보다 두어 살 많아 보이는 교복 입은 남학생에게 서류를 내민 한 주무관이 "안녕히 가세요" 하고 인사했다. 남학생이 나가고 난 뒤의 주민센터는 더없이 고요했다. 창구로 걸어가며 눈이 마주친 한 주무관에게 고개를 숙여 보였다.

"어, 배달희 씨?"

늘어지게 기지개를 켜던 한 주무관은 나를 발견하곤 깜짝 놀란 표정을 지었다. 그러다 이내 멋쩍은 웃음을 흘렸다.

"편지를 배달하려고 왔는데 우체통 안에 편지가 한 통도 없어서요."

"아."

무슨 말인지 알겠다는 듯 한 주무관이 짐짓 심각한 표정으로 고개를 끄덕거렸다.

"주민분들에게 공지했는데 아직 편지를 쓰신 분이 없나 봐요. 저도 아까 확인해 봤더니 우체통이 텅 비어 있더라고요."

"그렇군요."

일이 없으니 기뻐야 하는데 이상하게 마냥 즐겁지만은 않았다. 반쯤은 마음이 놓이고 반쯤은 아쉬운 기분? 사실 나도 내 마음을 잘 모르겠다. 어쩌면 정말로 주인공이 되고 싶었던 걸까? 이대로 돌아가도 잠이 올 것 같지 않았다. 나는 유리문 너머를 힐끗거리며 조심스레 물었다.

"시간이 남아서 그러는데 혹시 마을 구경을 해도 되나요?"

주민센터의 문이 열리더니 내 뒤로 두 명의 주민이 줄을 섰다. 머리가 하얀 할머니와 그보다 조금 젊은 할아버지였다. 한주무관이 그들을 힐끗거리며 고개를 끄덕였다.

"물론이죠. 대신 서천 근처엔 가지 마세요. 지난번에 말씀드렸던 것처럼 서천 쪽에는 기억을 잃지 않은 망자가 많아서 꽤 소란스럽거든요. 다시 돌려보내 달라는 등 내가 누구인지 아느냐는 등 난동을 부리는 망자가 하루에도 몇 번씩 등장한답니다. 괜한 싸움에 휘말릴 거예요."

"예, 명심할게요."

주민센터를 나온 나는 문 앞에 서서 좌우를 둘러보았다.

"음……. 어디로 가지?"

그야말로 허허벌판이었다. 논과 밭이 넓게 펼쳐져 있긴 했지만 농사를 짓는 사람은 보이지 않았다. 저 멀리 느티나무와 그 뒤로 듬성듬성 서 있는 몇 채의 집만이 덩그러니 서 있을 뿐이었다.

반대편으로 고개를 돌리자 시야 끄트머리에 넓은 강줄기가 보였다. 깊이를 짐작할 수 없는 새카만 강이 굼실굼실 흘러갔다. 물살이 제법 거셌다. 때마침 나룻배 한 척이 강을 건너고 있는 걸 보니 아마 저곳이 서천인 모양이었다.

"서천 근처엔 얼씬도 하지 말라고 했지?"

나는 한 주무관의 당부를 떠올리며 반대 방향으로 고개를 돌렸다. 다시 느티나무가 시야에 들어왔다. 아주 오랫동안 그곳에 뿌리를 내리고 있었던 게 틀림없을 거대한 나무였다.

"마을 쪽으로 가볼까?"

발밑에 돋아난 풀을 눈으로 훑으며 흙길을 따라 느리게 걸었다. 느티나무 그늘엔 작은 평상이 놓여 있었는데, 초로의 아저씨가 그곳에 앉아서 하늘을 올려다보고 있었다. 그 옆 모습이 왠지 익숙했다.

'어디서 봤더라? ……아!'

김 씨 아저씨였다. 주민센터에서 한 주무관과 언성을 높이고 싸우던 아저씨. 그때의 장면을 떠올리자 아저씨와 엮여서 좋을 게 없다는 생각이 들었다. 조심스럽게 발소리를 죽이고 몸을 돌리는데 등 뒤에서 불쑥 목소리가 날아왔다.

"학생은 이곳에 오래 있었나?"

얼음처럼 딱딱하게 굳은 채 그 자리에 멈춰 섰다. 대답을 해야 할지 말아야 할지 판단이 서지 않았다. 솔직한 심정으론 이대로 도망가고 싶었다. 그러나 아저씨가 쫓아올까 봐 선뜻 용기가 나지 않았다.

"학생?"

아저씨가 다시 나를 불렀다. 나는 하는 수 없이 천천히 등을 돌렸다. 그리고 애써 미소를 지었다.

"아니요. 오늘이 이틀째예요."

"신출내기군. 모르는 게 있으면 나한테 물어봐. 이 동네에서 가장 오래 산 사람이 나니까."

아저씨가 거드름을 피우듯이 말했다. "예" 하고 대답한 후 슬그머니 등을 돌리는데, 또다시 아저씨의 물음이 들려왔다.

"그런데 학생은 왜 죽었나? 보아하니 죽기엔 이른 나이인 것 같은데."

나는 대답 대신 손가락만 꼼지락거렸다. 대답할 말이 마땅치 않기도 했고, 아저씨와 길게 대화를 나누고 싶은 마음도 없었다. 내게 관심을 꺼주었으면 싶었지만 아저씨는 나를 물끄러미 쳐다보며 대답을 기다리고 있었다.

때마침 서천 쪽이 소란스러워졌다. 의아한 표정으로 고개를 돌리자 언성을 높이며 싸우는 젊은 남녀가 이쪽으로 걸어오는 모습이 보였다.

"그러니까 이게 다 네 탓이잖아!"

"왜 나 때문이야? 킥보드를 내가 타자고 했어?"

"네가 운전을 잘못했으니까 이런 일이 벌어진 거지! 너만 아니었어도 내가 죽을 일은 없었어!"

"입은 비뚤어졌어도 말은 바로 해야지. 네가 킥보드를 타자고 하지만 않았어도 내가 죽을 일은 없었겠지."

"괜찮다면서 차도 한가운데로 달린 사람은 너거든?"

"너도 신난다면서 소리 질렀잖아."

입에 칼을 문 것처럼 날카로운 힐난이 오갔다. 두 사람은 남의 눈 따윈 의식하지 않고 서로를 향해 핏대를 세웠다. 중간에 어정쩡하게 멈춰선 나는 그들에게서 멀어지려 살금살금 뒷걸음질을 쳤다.

"네가 빨리 가자고 재촉하니까 마음이 급해서 그랬지. 그러니까 네 탓이지!"

"그렇게 따지면 애초에 너를 만나지만 않았어도 이런 일은 없었을 테니까 네 탓이잖아! 네가 사귀자고 했으니까!"

"이게 말이면 다인 줄 알아!"

"그래, 다인 줄 안다! 왜?"

김 씨 아저씨가 끌끌 혀를 찼다.

"서천이 망각의 강이라는 것도 다 옛말이야. 서천을 건너오고 나서도 이승의 기억이 남아 있으니 네 탓이다 내 탓이다 저리 난동을 피우는 게지."

나도 모르게 아저씨를 힐끗 곁눈질했다. 그러다가 고개를 돌리던 아저씨와 눈이 딱 마주치고 말았다. 나는 아저씨가 다시 말을 걸까 얼른 고개를 숙이곤 가던 길을 재촉했다.

배터리가 10퍼센트만 남은 휴대전화처럼 에너지가 쭉쭉 떨어졌다. 하긴 그럴 만도 했다. 첫 근무라 잔뜩 긴장했던 데다가 김 씨 아저씨의 수다며 죽은 연인의 싸움이며 낯설었던 저승의 모습을 하루 새에 너무 많이 목격했다. 평온한 내 일상치고는 유난히 시끌벅적한 하루였다.

"졸려……."

나는 힘 빠진 두 다리를 질질 끌며 엘리베이터에 올랐다. 지금은 포근한 침대에 누워 자고 싶다는 생각밖에 들지 않았다. 베개에 머리를 대면 꿈도 꾸지 않고 푹 잘 수 있을 것 같았다. 문득 주말이면 외출하자는 엄마의 말에 소파에 누워 미적거리던 아빠가 떠올랐다.

"다음엔 아빠 편을 들어줘야지."

직장인의 고단함이 이런 것인지도 모르겠다고 생각하며 나는 입이 찢어지도록 하품을 했다.

"하아암."

그리고 방에 도착하자마자 쓰러지듯이 침대에 몸을 던졌다.

*

고작 사흘 만에 아이들은 서로에 대한 탐색을 끝내고 각자의 무리를 형성했다. 서너 명 혹은 두 명씩 짝을 이룬 아이들은 함께 밥을 먹고 화장실을 가고 장난을 쳤다. 큰 이변이 없는 한, 학기 초의 무리는 한 해 내도록 이어질 것이다.

물론 내게도 친구가 생겼다. 새 학기 첫날 나는 인형 뽑기 기계 안의 인형처럼 누군가의 선택을 기다리며 얌전히 앉아 있었다.

두근두근. 올해는 누가 내게 말을 걸까 심장이 떨렸다. 앞자리에 앉은 예지일까, 아니면 뒷자리에 앉은 혜인일까? 그것도 아니면 작년에 같은 초등학교였던 소현?

'혹시 아무도 말을 걸지 않으면 어쩌지?'

최악의 상황을 상상하던 그때였다.

"달희야, 화장실 같이 갈래?"

누군가 내 이름을 불렀다. 마침내 선택을 받은 나는 다행히 올해도 같이 다닐 친구가 생겼구나 하며 안도의 한숨을 흘렸다. 그러다 금세 당황한 표정으로 눈을 깜빡였다.

"지……우?"

나를 부른 친구는 다름 아닌 지우였다. 내 앞에 선 지우가 막대 사탕 하나를 내밀었다.

"화장실 안 가고 싶어? 그럼 사탕 먹을래?"

아무리 생각해도 이게 어떻게 된 일인지 알 수 없었다. 애초에 지우와 나는 어울리는 무리가 달랐다. 지우는 공부를 잘했고 나는 어중간했다. 지우는 운동을 잘했고 나는 몸치였다. 지우는 인기가 많았고 나는 눈에 띄지 않았다. 지우는 특별했고 나는 평범했다.

그런데 왜 지우가 내게 말을 거는 것일까?

"사탕 싫어해?"

"어? 아니야, 좋아해. 고마워."

지우의 눈꼬리가 시무룩하게 처지는 바람에 얼른 사탕을 받았다. 그러자 지우가 환하게 미소를 지으며 내 팔짱을 꼈다.

"그럼 같이 화장실 가자."

얼떨결에 지우에게 붙잡혀 화장실로 끌려갔다. 지우는 복도를 걸으면서도 재잘재잘 수다를 떨었다. 작년 담임선생님에 관한 이야기, 올해 담임선생님에 관한 이야기, 오늘 있을 체육 수업에 관한 이야기.

"나중에 점심 먹으러 같이 가자. 알았지?"

"응."

"소현이도 같이 먹기로 했어. 아, 그러고 보니 소현이한테 줄 사탕이 없네?"

"이거 소현이한테 줘도 돼."

나는 손에 꼭 쥐고 있던 막대 사탕을 도로 지우에게 건넸다. 주머니를 뒤적이며 난감한 표정을 짓던 지우가 짓궂은 표정으로 웃었다.

"소현이한테 내가 사탕 줬다는 말 하지 마. 비밀이야."

사실은 아직도 잘 모르겠다. 어째서 지우가 나를 선택했는지. 작년에 같은 반이긴 했지만 우리는 그리 친한 사이가 아니었다. 기껏해야 눈이 마주치면 인사를 하고 가끔 대화를 나누는 정도에 불과했다.

지우는 어떤 인형이든 선택할 수 있는 사람이었다. 인형 뽑기 기계 안엔 지우와 친해지고 싶어 하는 인형들이 아주 많았다. 그런데 지우는 나를 골랐다. 가장 눈에 띄지 않는 평범한 인형을.

그날 이후 나와 지우, 그리고 소현은 어디를 가든 함께였다. 주로 소현과 지우가 수다를 떨면 나는 조용히 고개를 끄덕이거나 맞장구를 치는 식이었다.

"오늘 끝나고 햄버거 먹으러 갈래?"

소현이의 말에 시간을 가늠하던 지우는 "나 학원 가기 전까지 한 시간 여유 있어"라고 대답했다. 그리고 나를 돌아보며 물었다.

"너는 어때, 달희야?"

"응?"

그 말에 나도 모르게 당황한 표정을 지었다.

"햄버거 안 좋아해?"

내가 얼른 대답을 못 하고 뜸을 들여도 지우는 나를 놀리지 않았다. 내 의견을 무시하거나 어물쩍 넘기지도 않았다. 그저 조용히 나를 응시하며 내 대답을 기다려주었다. 그래서 나는 지우를 질투할 수조차 없었다. 저렇게 착한 지우를 질투했다간 내가 나쁜 아이가 되어 버리니까.

"좋아해."

"다행이다. 그럼 같이 햄버거 먹으러 가자. 나 오늘 진짜 햄버거 먹고 싶었거든."

소현의 말에 지우가 "그래" 하며 내 팔짱을 꼈다. 그리고 반대 손으로 소현의 팔짱을 꼈다. 우리는 합체한 로봇처럼 하나의 덩어리가 되어 교문을 나섰다.

오늘도 저승 입구의 우체통은 텅 비어 있었다.

"이대로 돌아가도 되나? 땡땡이쳤다고 오해받으면 어쩌지?"

그래도 내가 출근했다는 사실을 한 명은 알고 있어야 하지 않을까? 아무래도 한 주무관에게 얼굴도장이라도 찍어야 할 것 같았다. 조심스레 주민센터의 문을 열고 들어가는 순간, 익숙한 목소리가 귓가에 내리꽂혔다.

"딴 사람들은 다 연금을 받는데 나만 못 받는다는 게 말이 돼? 내가 저승에 있었던 것만 200년째야! 어째서 나만 연금이 안 나오냔 말이야!"

"무슨 200년이에요! 저번에는 200일이라더니!"

아니나 다를까 김 씨 아저씨였다. 오늘도 1번 창구 앞에 선

김 씨 아저씨가 한 주무관과 말씨름을 벌이는 중이었다. 고래고래 고함을 지르는 아저씨와 달리 한 주무관은 특유의 친절하지만 사무적인 목소리로 대답했다.

"연금 대상자 선정은 시청에서 담당합니다. 아무나 주는 건 아니고 생전에 선행을 한 사람 중에서 윤회를 택하지 않고 저승에 머무는 것을 선택한 사람만 받을 수 있어요."

"그러니까 그 말은 뭐야? 내가 착하게 안 살았다 그 말이야? 내가 누군 줄 알아?"

"제 말은 신청 대상이 아니란 뜻이에요. 아직 재판도 안 받으셨잖아요."

"에잇, 무슨 말만 하면 재판, 재판! 재판 안 받은 사람은 서러워서 살겠나. 이렇게 차별해도 되는 거야? 더러워서 안 받는다. 그 돈 얼마나 된다고. 됐어! 내가 재판을 받나 봐라!"

아저씨가 성난 얼굴로 돌아섰다.

"아, 안녕하……."

인사를 하려고 고개를 숙였지만, 머리끝까지 화가 난 아저씨는 나를 알아보지 못한 채 내 어깨를 툭 치고 지나갔다. 거칠게 열린 문이 덜컹거리며 닫히자 한 주무관이 표정을 굳히며 참았던 말을 쏟아냈다.

"하여간 핑계도 가지가지라니까. 김 씨 아저씨는 도대체 언제 재판받나 몰라. 재판을 받아야 저 꼴을 안 볼 텐데, 문지기들은 뭘 한담? 김 씨 아저씨 안 잡아가고. 직무 태만 아니야?"

투덜거리던 한 주무관은 뒤늦게 문 앞에 서 있는 나를 발견하곤 "어머" 하며 난처한 표정을 지었다. 나는 아무 말도 못 들은 척 고개를 꾸벅 숙였다.

"오늘도 전달할 편지가 없네요. 이만 가보겠습니다."

"아, 잠깐만요, 배달희 씨."

한 주무관이 돌아서는 나를 붙잡았다. 이리 오라는 듯 손을 살랑살랑 흔들며.

"오늘은 배달할 편지가 있어요."

"예? 우체통이 분명…… 비어 있었는데요."

나도 모르게 목소리가 기어들어 갔다. 내가 잘못 봤나? 아닌데, 여러 번 확인했는데. 내가 한 주무관을 흘낏거리자 그는 손가락으로 상담실을 가리켜 보였다.

"편지를 보내고 싶은 것 같기는 한데 말이 안 통해서. 음, 일단 한번 들어가 봐요. 백문이 불여일견이라 했으니."

"그게 무슨……."

"어서 오세요, 무엇을 도와드릴까요?"

자세한 내용을 물어보고 싶었지만 한 주무관의 관심은 이미 다른 곳으로 이동했다. 뒤에 있던 아주머니가 내 어깨를 밀치며 앞으로 나왔던 탓이다. 옆으로 밀려난 나는 그 김에 상담실로 걸어갔다.

'그러니까 여기 편지를 보내고 싶어 하는 사람이 있다는 거지? 그런데 말은 안 통하고.'

김 씨 아저씨처럼 막무가내인 망자라면 어떻게 하나 싶어 곤혹스러운 표정으로 상담실 문을 두드렸다. 한 주무관처럼 똑 부러지게 대처할 자신이 없어 걱정이 앞섰다.

똑똑.

"안녕하세요, 우체부…… 어?"

나는 인사를 하다 말고 두 눈을 동그랗게 떴다. 테이블 앞에 놓인 네 개의 의자가 텅 비어 있었기 때문이다.

"이게 어떻게 된 거지? 분명 여기에 편지를 보낼 사람이 있다고 했는데."

그때 의자 밑에 삐져나온 보드라운 털 뭉치가 보였다. 고소한 인절미 색상의 털 뭉치였다. 한 걸음 다가서자 곧이어 익숙한 얼굴이 삐죽 튀어나왔다. 젖은 조약돌처럼 새카만 눈동자와 촉촉한 코, 보드라운 꼬리가 눈앞에서 살랑살랑 흔들렸다. 그리고 노란색 조끼까지.

잠깐, 노란색 조끼?

"하루?"

내 물음에 꼬리가 아주 빠르게 흔들렸다. 마치 그것이 자기 이름이라고 주장하듯이 말이다.

"아니, 이게, 어……."

너무 당황한 나머지 제대로 말을 잇지 못했다. 그보다 무슨 말을 해야 좋을지 알 수 없었다고 하는 편이 더 정확할 것이다. 이곳은 저승이다. 죽은 자가 오는 곳. 이곳에 왜 하루가…….

"하루!"

나는 비명처럼 하루의 이름을 부르며 달려갔다. 의자를 번쩍 들어 치우자 얌전히 엎드려 있던 하루가 천천히 상체를 일으켰다.

"하루! 네가 왜 여기 있어? 여기는 죽어야만 올 수 있는 저승이란 말이야. 너 설마…… 죽었어?"

나도 모르게 속사포처럼 쏘아붙이자 하루가 시무룩한 표정으로 귀와 꼬리를 축 늘어뜨렸다. 이미 죽었으니 컹컹하고 짖을 만도 한데 하루는 결코 소리를 내지 않았다.

다큐멘터리의 한 장면을 다시금 떠올렸다. 안내견 훈련을 받은 개들의 마지막 시험은 시장의 순대 골목을 지나는 것이었다. 개의 후각은 인간보다 훨씬 민감했고, 순대 냄새는 그 무엇보다 큰 유혹이었다.

열 마리의 훈련견 중 겨우 세 마리가 시험을 통과했지만 그것으로 인내가 끝나는 건 아니었다. 아니, 오히려 그때부터가 시작이었다.

새로운 주인을 만난 안내견들은 모든 것을 참아야만 했다. 맛있는 음식 냄새가 풍겨도, 누군가 꼬리를 밟아도, 화난 아저씨가 소리를 질러도, 절대 짖어서는 안 된다. 안내견이 짖는 순간, 앞을 보지 못하는 주인이 불안감을 느끼는 탓이었다.

그와 똑같이 훈련받았을 하루는 죽은 뒤에도 절제력을 발휘했다. 그 모습이 안타까워 눈시울이 붉어졌다. 콧잔등이 시큰하고 목구멍이 꽉 조였다. 나는 그 자리에 쪼그리고 앉아 하루와 눈을 맞추었다. 새카만 눈동자가 나를 빤히 쳐다보았다.

그 속에 숨은 애정이 엿보였다. 나는 피자 가게 앞에서 하루를 외면하고 도망갔는데, 하루는 비겁한 나를 원망하지 않았다. 그래서 더 부끄러웠다. 차라리 이를 드러내고 으르렁거렸다면 마음이 편했을 텐데.

조심스럽게 손을 뻗어 하루의 귀를 쓰다듬었다. 혓바닥을 내민 하루가 기분 좋은 듯이 입꼬리를 당겼다.

"네가 왜 여기 있어? 그래서…… 오늘 아침에 안 보였던 거야? 도대체 무슨 일이 있었던 거야."

목소리가 울 것처럼 떨렸다. 죽음이 예고 없이 찾아온다는 것 정도는 안다. 그래도 나와는 아주 먼 얘기라고 생각했다.

내 주변 사람들은 동화 속 결말처럼 행복하게 오래오래 살 거라고 믿었다.

그런데 하루가 죽었다니. 도무지 믿을 수가 없었다. 하루처럼 착한 강아지는 좀 더 오래 살아야 공평한 거 아닌가? 인간을 돕기 위해 자기 삶을 전부 희생한 하루는 인간보다 두 배세 배 더 행복해야 했다. 그때 일을 아직 사과하지도 못했는데 이렇게 죽어버리면 어떻게 하냔 말이야.

고여 있던 눈물이 기어이 뚝뚝 떨어지기 시작했다. 입술을 꽉 깨물어 봐도 흐느낌이 멋대로 잇새를 비집고 나왔다.

꼴사납게 울음을 터뜨리고 말았다. 하루가 엉덩이를 들고 일어나 내 곁으로 좀 더 가까이 당겨 앉았다. 그러고는 내 어깨에 턱을 척 올렸다. 이미 죽은 하루에게 온기가 남아 있을 리 없었지만 보드라운 털이 어쩐지 따스하게 느껴졌다. 나는 하루를 있는 힘껏 끌어안았다. 갑갑할 만도 한데 하루는 얌전히 내 손에 몸을 맡겼다.

"나를 위로하는 거야?"

이번에도 대답 대신 꼬리가 살랑살랑 흔들렸다. 나는 하루의 털에 얼굴을 비볐다. 부지런히 빗질한 듯 가지런한 털이 내 눈물에 엉겨 엉망진창이 되었다. 그런데도 하루는 싫은 내색을 하지 않았다.

"고마워."

하루는 재판을 받고 나면 분명 가장 좋은 곳으로 가게 될 것이다. 이렇게나 착하고 사려 깊은 강아지니까…… 거기까지 생각이 미치자 울음이 그쳤다. 나는 손등으로 눈 밑을 쓱쓱 문지르고 한결 차분한 목소리로 물었다. 그제야 가장 중요한 질문을 하지 않았다는 사실이 떠오른 탓이었다.

"정말로 어떻게 된 거야? 어제까지 멀쩡하게 산책하던 네가 왜 저승에 있어? 왜…… 죽은 거야?"

마지막 질문이 가시처럼 목에 걸려 잘 나오지 않았다. 타박타박 테이블 밑으로 걸어간 하루는 바닥에서 뭔가를 물고 돌아왔다. 한 장짜리 전단지였다.

갑자기 죽어서 당황스러우시죠?

남은 가족에게 통장 비밀번호를 알려주지 않은 게 마음에 걸리시나요?

그럴 땐 저승 익스프레스를 이용해 보세요. 이승에 두고 온 소중한 사람에게 쓴 마지막 편지를 저희가 대신 전해드립니다.

이승과의 미련을 끊을 수 있는 마지막 기회! 홀가분한 마음으로 재판장까지 가실 수 있도록 정성껏 모시겠습니다. 신청은 저승 입구 주민센터에서.

"이게 뭐야. 저승 익스프레스?"

바쁜 한 주무관이 언제 이런 광고지까지 만들었나 싶었다. 알록달록한 글자와 배경의 편지 모양이 지독히 안 어울렸지만 그 말은 전하지 않는 편이 나을 것 같았다.

"그런데 이건…… 왜?"

말을 하다 말고 두 눈을 동그랗게 뜬 나는 "혹시" 하고 운을 떼며 미심쩍은 눈으로 하루를 바라보았다.

"편지를 보내고 싶다던 사람이 너였어?"

바로 그거라는 듯 하루가 열심히 꼬리를 흔들었다. 하루의 새카만 눈동자가 기쁨으로 반짝였다.

말이 통하지 않는 상대라도 눈을 통해 감정을 나눌 수 있다는 것이 새삼 신기했다. 그러고 보니 마지막으로 누군가와 눈을 마주쳐 본 게 언제였더라. 내 시선은 언제나 친구들의 눈이 아닌 입이나 어깨 언저리를 더듬었다. 나를 보는 눈동자에서 싫은 기색을 발견할까 봐 두려워서였다.

"편지를 보내겠다고?"

나는 여전히 저승 우체부라는 역할이 무서웠다. 어이없는 실수를 할까 봐 걱정됐고, 차사와 한 주무관을 실망시킬까 봐 두려웠다. 내가 특별한 아이라는 말을 여전히 믿을 수 없었기에 이제라도 도망가고 싶었다.

하지만 하루를 위해 할 수 있는 일이 있다면 하고 싶었다. 그 또한 오롯이 진심이었다. 아니, 하고 싶은 게 아니라 해야만 했다. 그것이 하루를 외면했던 내가 해줄 수 있는 마지막 선물이자 사과였다.

훌쩍이며 코를 들이마신 나는 하루처럼 바닥에 엉덩이를 깔고 주저앉았다. 손으로 테이블 위를 더듬어 종이 한 장과 펜 하나를 집었다. 무슨 일이 있어도 하루의 편지만은 전해줄 것이다. 그렇게 비장한 결심을 한 순간 아주 중요한 사실 하나가 머리를 스치고 지나갔다.

"그런데 하루 너, 글은 쓸 줄 알아?"

끼잉.

하루의 꼬리가 시무룩하게 처졌다. 뭉툭한 네 발은 펜을 쥐기엔 지나치게 투박했다. 나는 얼른 두 손을 저었다.

"아니야, 걱정할 것 없어. 내가 대신 써줄게. 어디 보자, 뭐라고 쓰면 좋을까?"

나는 하루의 눈동자를 들여다보며 곰곰이 생각에 잠겼다.

"으음, 세희 언니에게 보내는 첫 편지니까 일단 근사한 인사로 시작해야 하지 않을까? 그리고 네가 누구인지 소개한 다음에……. 와, 하루 네가 편지를 보낸 걸 알면 세희 언니가 깜짝 놀라겠다."

하루는 내 입에서 '세희 언니'라는 단어가 나올 때마다 귀를 쫑긋 세웠다. 대화가 통하지 않아도 하루가 세희 언니를 얼마나 좋아하는지는 알 수 있었다.

"그러고 난 뒤에 세희 언니에게 하고 싶은 말을 하는 거야. 예를 들면 같이 지내면서 즐거웠던 일이나 아쉬웠던 기억. 그게 아니면 슬퍼하지 말라는 위로의 말을 전해도 괜찮고. 넌 어떻게 생각해?"

조잘조잘 떠들어대던 내가 하루에게 시선을 주었다. 그때 잠자코 앉아 있던 하루가 의기양양한 표정으로 자리에서 일어났다. 그리고 자신감 넘치는 동작으로 앞발을 휘둘렀다.

퍼억.

"으잉?"

나도 모르게 얼빠진 소리를 흘리고 말았다.

"하루, 너 지금 뭐 하는 거야?"

하루가 반짝이는 눈으로 나를 쳐다보았다. 마치 "어때? 내 편지가?"라고 묻듯이.

*

엘리베이터 키패드에 수취인의 주소를 찍으면 그곳과 가장 가까운 저승 출입구로 연결된다고 했다. 발송인인 하루가 편지를 보낼 주소를 알지 못한다는 게 흠이었지만 다행히 그건 문제가 되지 않았다. 내가 세희 언니의 집을 알고 있었으니까. 나는 키패드에 우리 집 주소를 찍었다.

우웅 소리를 내며 움직인 엘리베이터는 오래지 않아 나를 내 방에 내려주었다. 엄마 아빠가 자는 걸 확인한 후 조용히 대문을 열고 나왔다. 이렇게 늦은 시간에 혼자 집 밖을 나가는 건 처음이었다. 불안한 마음에 심장이 쿵쾅쿵쾅 널뛰었다.

한밤중의 골목길은 예상보다 더 으스스했다. 그림자는 밤보다 짙었고 달빛은 터무니없이 희끄무레했다. 수백 번은 왔다 갔다 한 골목길도 처음 오는 곳처럼 낯설었다. 담장에 드리운 나무 그림자가 흔들릴 때마다 흠칫흠칫 몸이 떨렸다. 고양이 울음소리에 털이 주뼛 서기도 했다.

"빨리 가자."

나는 연신 뒤를 힐끗거리며 초조하게 걸음을 재촉했다. 흰색 벽돌집 앞에 도착한 나는 대문 앞에서 크게 심호흡을 했다.

'잘할 수 있을까? 아니, 그보다 내 말을 믿어주기는 할까? 경찰에 신고라도 하면……. 아, 편지 받는 사람은 꿈이라고 기억한댔지? 그럼 대체 어디서부터 어디까지가 꿈인 걸까? 내 방에 도착한 후부터? 아니면 골목길을 뛰어갈 때부터? 그럼

나는 지금 꿈속을 걸어 다니는 건가? 그런데 꿈속에서 왜 이렇게 숨이 차지?'

머릿속에서 두서없는 질문들이 소용돌이쳤다. 생각이 너무 많아서 눈앞이 핑글핑글 돌 지경이었다. 아까부터 속이 울렁거렸다. 심장은 당장이라도 입 밖으로 튀어나올 것처럼 요란했고, 다리에 힘이 풀려 자꾸만 휘청거렸다.

평소의 나라면 여기서 등을 돌려 도망갈 것이다. 어차피 나는 주인공이 아니니까 그래도 괜찮다는 핑계를 대며 말이다.

하지만 오늘은 도무지 발이 떨어지지 않았다. 미안하다고 사과할 틈도 없이 하루가 죽었다. 이번마저 도망친다면 두 번다시 하루에게 사과할 기회는 없을 것이다.

하루는 자신을 외면한 나에게 스스럼없이 다가왔고 어린아이처럼 우는 나를 다정하게 위로했다. 착한 하루에게 또다시 실망을 안겨주고 싶지 않았다. 하루의 믿음을 배반하고 싶지 않았다. 그래서 없는 용기를 바닥까지 박박 긁어 벨을 눌렀다.

띠리리리.

시끄러운 벨소리에 깜짝 놀라 나도 모르게 주위를 두리번거렸다. 소리가 멎은 뒤 누군가가 나오기를 기다렸지만 문은 열리지 않았다. 왠지 마음이 놓이는 것 같기도, 아쉬운 것 같기도 했다.

"한 번만 더 눌러보고, 그래도 문을 안 열어주면 그냥 가자."

누구에게 하는 변명인지도 모른 채 떨리는 손으로 다시 한 번 벨을 눌렀다. 벨소리가 동네를 모두 깨울 것처럼 요란하게 울렸다. 그런데 신기한 건 개들이 짖지 않는다는 점이었다. 이 정도 소리면 동네 개들이 모두 잠에서 깨 세상이 떠나가라 짖어야 할 텐데.

1분은 족히 지난 것 같았다. 까치발을 들고 대문 너머를 힐끔거렸지만 담장이 너무 높아 안이 보이지 않았다.

"할 수 없지. 하루에게 문이 안 열리더라고……."

그 순간 덜컹 소리와 함께 대문이 열렸다. 등을 돌리던 나는 한탄스러운 눈으로 반쯤 열린 대문을 쳐다보았다. 왜 하필 지금 열렸을까? 영영 안 열려도 괜찮았는데.

"어쩔 수 없지……. 실례합니다."

조용히 인사를 하며 대문을 슬쩍 밀자 작은 마당이 나타났다. 담장 바로 앞에는 오래된 복숭아나무가 서 있고 현관 옆에는 장독대 몇 개가 늘어서 있었다. 그 옆에 주인을 잃은 목줄이 덩그러니 버려져 있었다. 나는 곧장 마당을 가로질러 나아갔다. 큼큼 목을 가다듬은 뒤 현관문을 두드렸다.

똑똑.

"안녕하세요. 편지 배달입니다."

문 너머에서 희미한 인기척이 느껴졌다. 나는 마른침을 꿀꺽 삼키곤 긴장한 눈으로 닫힌 문만 뚫어지게 노려보았다. 느린 발소리가 조금씩 가까워졌다. 서서히 벌어지는 현관문 너머로 미간을 찌푸린 세희 언니가 보였다.

"이 밤중에 누구세요?"

신경질적인 목소리였다. 날카로운 반응에 나도 모르게 뜨끔했다. 세희 언니가 앞을 못 본다는 사실도 잊고 고개를 꾸벅 숙였다.

"아, 안녕하세요. 저승에서 왔습니다."

긴장한 나머지 목소리가 삐끗했다. 그게 부끄러워 얼굴이 빨갛게 달아올랐다. 아무 일도 없었다는 듯 헛기침을 한 후 가방에서 하루의 편지를 꺼냈다.

"저……승?"

세희 언니의 이마가 일그러졌다. 치켜 올라간 눈썹이 화난 것처럼 보여 내 어깨가 좀 더 움츠러들었다. 편지를 꺼내는 손놀림도 허둥거렸다. 내가 뭔가 잘못한 걸까? 좀 더 정중하게 인사를 했어야 하나? 아, 설명이 부족했구나!

"어, 음, 저승에서 한세희 씨에게 보낸 편지가 도착했는데요. 그러니까 이게 무슨 편지냐면……."

"편지라고요? 누가 내게 편지를 보냈다는 거죠?"

세희 언니는 나를 수상한 사람으로 여기는 게 틀림없었다. 흰색 지팡이를 쥔 언니의 손에 힘이 들어갔다. 나는 언제 지팡이가 날아올지 몰라 초조하게 입술을 깨물었다. 이거 정말로 꿈이 맞는 걸까? 그렇다면 지팡이에 맞아도 아프지 않겠지? 그런데 꿈이 아니면 어떻게 해? 오만 가지 걱정에 목소리가 저절로 기어들어 갔다.

"그, 하루가…….."

"당신 누구야!"

"예?"

세희 언니가 끝내 고함을 질렀다. 덩달아 내 목소리도 높아졌다. 너무 놀라서 딸꾹질이 튀어나올 정도였다.

"히끅!"

두 손으로 입을 틀어막는 와중에도 세희 언니는 나를 향해 새된 목소리로 쏘아붙였다.

"누군데 이렇게 못된 장난을 치는 거야! 하루는, 하루는…… 죽었단 말이야! 당장 나가! 우리 집에서 나가지 않으면 경찰 부를 거야! 엄마, 엄마!"

언니가 집 안쪽을 돌아보며 소리를 질렀다. 경찰을 부른다는 말에 머릿속이 하얘진 나는 두서없는 말을 주절주절 늘어놓기 시작했다.

"정말이에요. 정말로 하루가……. 하루는 혼자 남은 세희 언니가 걱정되어서 저승에도 가지 못하고 있어요. 그래서 하루가 쓴 편지를 가지고 왔어요. 여기요."

하루의 편지를 전해주려 세희 언니에게로 성큼 다가섰다. 나는 지팡이를 쥔 언니의 오른손에서 눈을 떼지 않으며 반대쪽 손에 억지로 편지를 쥐여 주었다. 그 손길에 움찔한 세희 언니는 자신의 손에 들린 편지봉투를 내려다보았다. 마치 앞을 볼 수 있는 사람처럼 말이다.

세희 언니가 손아귀에 힘을 주었다. 그 바람에 편지봉투가 잔뜩 구겨졌다.

"아……."

내 잇새에서 아쉬움의 탄식이 흘러나왔다. 결국 언니는 이대로 편지를 버리고 마는 걸까? 세희 언니는 입술을 질끈 깨물고 정확히 내가 있는 쪽을 노려보았다.

"장난이면 가만 안 놔둘 줄 알아."

으름장을 놓은 세희 언니가 천천히 봉투를 열었다. 그제야 나는 잔뜩 긴장했던 어깨에서 힘을 풀고 안도의 한숨을 내쉬었다. 온몸이 땀으로 흥건했다.

그런데 그때였다.

"어?"

편지봉투에서 정체불명의 황금빛이 뿜어져 나왔다. 한여름의 태양처럼 강렬한 광채에 나는 반사적으로 눈을 감았다. 새카만 어둠 속에서 빨간 점이 점멸했다.

감았던 눈을 다시 천천히 떴을 때, 내 앞에 서 있던 세희 언니는 사라지고 없었다. 대신 그보다 좀 더 어린 세희 언니가 보였다.

"이게 대체 어떻게 된 거야?"

낯선 장소였다. 나는 어리둥절한 표정으로 주위를 두리번거렸다. 그 순간 어린 세희 언니가 움직이기 시작했다.

세희의 시력은 초등학교 6학년 때부터 서서히 약해졌다. 처음엔 휴대전화를 너무 많이 들여다보다 눈이 나빠진 줄 알았다. 하지만 안경을 껴도 시력은 돌아오지 않았다. 고등학생이 된 후 병원을 찾았을 때는 이미 늦었다는 얘기를 들었다. 몇만 명 중에 한 명꼴로 발생하는 유전병이라고 했다.

　애초에 앞을 보지 못했다면 새카만 세계에 금세 적응했을지도 모르지만, 날벼락처럼 세상을 잃은 세희는 바뀐 처지를 쉽게 받아들이지 못했다. 학교도 그만두었고 친구들과의 연락도 끊었다. 앞이 보이지 않아 허둥거리는 모습을 누구에게도 보여주고 싶지 않았다.

　변한 건 그뿐만이 아니었다. 평소에는 의식하지 않았던 일들도 더는 혼자서 할 수 없었다. 화장실을 가고 밥을 먹고 외출을 하는 일들. 그토록 일상적인 것들이 더 이상 일상적이지 않게 되었다.

'왜 하필 나일까?'

결국 세희는 좁은 방 안에 틀어박혔다. 집 밖으론 한 발짝도 나가지 않고 자신의 세계에 갇혀 지냈다. 현관문을 나서는 순간 여기저기서 들려오는 걱정 어린 말들이 듣기 싫었다.

"어머, 세희야. 그렇게 혼자 나와도 괜찮니? 엄마는?"

"아이고, 앞길이 창창한데 갑자기 이게 무슨 일이람. 하늘도 무심하시지."

"너무 상심하지 마라. 역경을 딛고 훌륭한 사람이 된 이들이 얼마나 많은지 알지?"

그럴 때마다 세희는 속이 뒤틀리는 듯했다. 오지랖 넓은 말들이 저를 놀리는 것처럼 들렸던 탓이다.

'어차피 자기 눈을 떼어줄 것도 아니면서.'

동그랗던 마음에 뾰족뾰족한 모서리가 생겼다.

부모님과의 대화도 점차 사라졌다. 엄마 아빠가 자신을 걱정한다는 건 알고 있었지만, 보이지 않는 세계에 적응하느라 거기까지 신경 쓸 여유가 없었다. 아니, 따지고 보면 모든 게 부모님 탓인 것만 같았다. 진작 병원에 데리고 가지, 아니면 좋은 유전자를 물려주지. 하루에도 몇 번씩 고함을 지르고 못된 말을 쏟아냈다.

세희가 완전히 앞을 못 보게 된 지 1년째 되던 날, 부모님은 이사를 결심했다. 아무도 모르는 곳으로 가면 세희가 새로운 세상으로 나갈 용기를 얻게 될지도 모른다고 생각했던 모양이다. 그리고 개 한 마리를 데리고 왔다.

"이름이 하루래. 주인의 하루하루를 지켜주라는 뜻으로 지은 이름이라더라. 래브라도리트리버인데 아주 귀여워. 세희 너 예전부터 개 키우고 싶어 했잖아."

"그때는 안 된다고 혼냈으면서 앞을 못 보니까 이제야 개를 키우라고? 나는 얘가 어떻게 생겼는지도 모르는데?"

"세희야."

"그리고 뭐? 안내견? 나 앞 못 본다고 동네방네 광고할 일 있어? 얘를 데리고 어떻게 나가란 말이야? 사람들이 모두 나만 쳐다볼 텐데! 엄마는 내 마음이 어떤지도 모르면서! 엄마의 그런 무신경함이 지긋지긋하다고!"

세희는 엄마가 가해자인 양 속에 쌓인 분노와 울분을 터뜨렸고, 엄마는 쏟아지는 원망을 묵묵히 감내했다.

한바탕 소리를 지르고 나면 늘 깊은 자괴감에 빠졌다. 엄마에게 화를 내서는 안 되는데 또 화풀이를 하고 말았다는 사실에 마음이 속수무책으로 침몰했다. 이렇게 후회를 하고도 내일이 되면 까맣게 잊고 또다시 엄마에게 신경질을 부릴 것이다. 엄마가 아니면 누구에게 화를 내야 할지 몰랐으니까. 이 답답한 마음을 어떻게 풀어야 할지 몰랐으니까.

거친 숨을 몰아쉬던 세희가 차갑게 돌아서자 어디선가 시무룩한 소리가 들려왔다.

끼잉.

등 뒤로 달라붙는 끈질긴 시선이 느껴졌지만 세희는 돌아보지 않았다.

이사는 의외로 효과가 있었다. 자신을 보며 혀를 차는 사람도, 괜찮냐고 묻는 사람도 없는 낯선 곳이 의외로 위안이 되었다. 어쩌면 세희에게 필요한 건 적당한 거리감과 무관심이었는지도 몰랐다.

그래서 처음으로 하루의 목줄을 잡고 집 밖으로 나설 결심을 했다.

'어차피 이 동네에는 나를 아는 사람이 없으니까.'

하루는 꽤 유능한 안내견이었다. 세희가 자신을 의도적으로 무시하는 사이에도 하루는 엄마 아빠와 산책하며 동네의 지리를 모두 파악했다. 어디에 신호등이 있는지, 어디에 계단이 있는지, 혹은 어디가 공사 중인지 하루가 세희보다 더 잘 알고 있었다.

세희는 모른 척했지만 둘의 산책엔 언제나 살금살금 따라붙는 발소리가 있었다. 그것이 엄마라는 사실은 굳이 확인하지 않아도 알 수 있었다. 엄마는 행여 앞을 못 보는 세희에게 무슨 일이 생길까 세희가 외출할 때마다 몰래 뒤를 쫓았다.

사건은 이틀 전 밤에 벌어졌다. 그날 밤은 피자 가게에서 당한 모욕 때문에 분해서 잠이 오지 않았다. 시력을 잃은 것만으로도 화가 나는데 세상은 그보다 더 화나는 일투성이였다.

아저씨가 고함을 지를 때마다 손에 쥔 줄이 바르르 떨렸다. 세희가 떠는 것은 아니었다. 하루는 세희에게 계단이 있다는 걸 알려주고 신호등이 빨간불이라는 걸 알려주지만, 눈에 보이지 않는 장애물은 피해 갈 수 없었다. 짖지 않도록 훈련받은 하루는 아저씨가 아무리 두렵고 무서워도 묵묵히 참기만 했다. 줄이 흔들릴 정도로 바들바들 떨면서도 송곳니 한 번 드러내지 않았다.

그래서 더 화가 치밀었다. 세희가 아니었다면 하루가 이런 수모를 당할 일도 없었을 것이다. 그런데도 하루는 세희를 비난하지 않았다. 목줄을 강하게 잡아당겨도, 신경질적인 태도로 명령해도 하루는 언제나 세희의 곁을 지켰다. 그때마다 뱃

속에서 새카만 덩어리가 울컥울컥 치솟았다.

그중에서 가장 속상한 건 어디선가 엄마가 이 모습을 지켜 보고 있을 거라는 사실이었다. 엄마는 세희가 화를 낼까 싶어 차마 나서지는 못하고 발을 동동 구르며 저 대신 눈물을 흘리고 있을 게 빤했다.

그날 밤 세희는 하루의 가슴에 줄을 채웠다. 늦은 시간이었지만 하루는 귀찮은 내색 없이 얌전히 몸을 맡겼다. 거실에 있던 엄마가 그 모습을 보고 물었다.

"어디 가니?"

"편의점에."

엄마가 살그머니 일어서는 기척이 느껴졌다. 고개를 휙 돌린 세희가 보이지 않는 눈으로 엄마를 노려보았다.

"따라오지 마! 그렇게 걱정되면 내가 앞이 안 보인다고 할 때 진작 병원에 데려가지! 이제 와서 웬 과잉보호야!"

"세희야."

"따라오기만 해봐. 두 번 다시 집 밖으론 안 나갈 테니까!"

세희는 못되게 쏘아붙이고서 거칠게 문을 열고 나섰다. 혼자서도 괜찮다는 걸 보여주고 싶었다. 엄마뿐 아니라 세상 사람들에게 그깟 피자 가게가 아니라도 갈 곳은 많다고 외치고 싶었다.

그렇게 얼마쯤 걸었을까. 하루가 갑자기 멈춰 섰다. 그리고 반대 방향으로 몸을 틀었다. 이제 그만 집으로 돌아가자는 뜻이었다. 세희는 강하게 목줄을 당기며 윽박질렀다.

"이제는 너까지 나를 무시하는 거야? 가자면 가야지! 주인은 네가 아니라 나라고! 명령은 내가 한단 말이야!"

그렇게까지 소리칠 생각은 없었다. 말이 뇌를 거치지 않고 곧장 입으로 나오는 기분이었다. 가끔 이럴 때가 있었다. 자신의 감정을 스스로도 주체할 수 없을 때가.

세희는 한층 더 고집스럽게 걸음을 내디뎠다. 차 소리가 점점 커지고 하루가 멈춰 서는 빈도수가 많아지는 걸 보니 평소에는 가지 않는 큰길까지 나온 모양이었다.

끼잉.

하루가 기어이 우는소리를 냈다. 이젠 정말로 돌아가자는 뜻이었다. 세희는 그 소리를 못 들은 척 앞으로 나아갔다. 목줄이 팽팽하게 당겨졌다. 하루가 뒷다리에 힘을 주고 버텼다. 세희의 목소리가 날카롭게 변했다.

"가자니까! 네가 안 가면 나 혼자서라도 갈 거야!"

세희가 성질을 이기지 못하고 손에 쥔 목줄을 집어 던졌다. 이제는 이놈의 개까지 자신을 아무것도 못 하는 사람으로 여겼다. 그러니까 보여줄 거다. 하루가 없어도 저 혼자 멀쩡히 걸을 수 있다는 걸.

그 순간이었다.

끼이이익.

"꺄아악!"

날카로운 마찰음에 저도 모르게 그 자리에 주저앉으며 비명을 질렀다. 공포로 빳빳해진 몸은 손가락 하나 움직이지 않았다. 앞을 볼 수 없다는 사실이 지독한 공포로 다가왔다. 소리가 어느 방향에서 난 것인지도 알 수 없었다. 세희는 숨을 멈춘 채 그 자리에 앉아 벌벌 떨었다. 어디선가 "컹! 컹!" 하고 개 짖는 소리가 들렸다. 아마 하루는 아닐 거다. 하루는 어떤 순간에도 짖지 않으니까.

그와 동시에 누군가 세희의 몸을 떠밀었다. 휘청이던 세희가 옆으로 나가떨어졌다.

"악!"

새된 비명을 지르며 바닥을 뒹굴었다. 팔이 까졌는지 팔꿈치 부분이 쓰라렸다.

"어머, 이게 무슨 일이야!"

"학생!"

사람들의 발소리가 점점 더 크게 들려왔다. 세희는 무슨 일이 벌어졌는지 몰라 몸을 동그랗게 웅크린 채 떨기만 했다. 웅

성거리는 목소리들이 머리 위에서 어지럽게 맴돌았다. 토할 것 같았다.

누군가 세희의 어깨를 잡았다.

"이봐요, 학생! 괜찮아요?"

세희는 깜짝 놀란 표정으로 손길을 뿌리쳤다. 눈물이 줄줄 흘러나왔다. 무서웠다. 떨림이 멈추지 않았다. 머리를 감싸쥔 세희는 "엄마"라는 단어밖에 모르는 사람처럼 그 말만 중얼거렸다.

"엄마. 엄마, 어디 있어……."

"아이고, 이게 무슨 일이에요?"

"저 학생이 갑자기 튀어나와서. 차가 학생을 피하려다가 가로수를 들이박았어요."

"여기요! 운전자가 의식을 잃은 것 같아요. 누가 119 좀 불러요!"

그 뒤의 기억은 희미했다. 어렴풋이 사이렌 소리가 들리고 병원 냄새를 맡았던 것 같은데 확실하진 않았다. 다만 자신을 꼭 끌어안던 엄마의 단단한 팔만은 선명하게 기억났다. 그 품이 몹시 따뜻하고 안전하게 느껴졌다는 것도.

사고 날을 되짚던 세희는 문득 한 손으로 침대 아래를 더듬었다. 생각이 복잡할 때 이렇게 손을 뻗어 따뜻한 하루의 털을 만지면 마음이 가라앉곤 했다. 그러나 손에 닿는 것은 차가운 공기뿐이었다. 그제야 하루가 죽었다는 사실이 실감 났다.

"나 때문이야. 내가 고집만 부리지 않았어도……."

혼잣말은 끝까지 이어지지 못했다. 세희는 비어져 나오는 울음을 참으려 입술을 꾹 깨물었다. 세희에게는 울 자격이 없었다.

차가 세희를 덮치려던 순간, 하루는 온 힘으로 세희를 떠민 뒤 대신 차에 치였고 그 자리에서 즉사했다. 세희는 허공을 노려보며 악다문 턱에 힘을 주었다. 꽉 쥔 주먹이 가느다랗게 떨렸다.

*

"아."

나도 모르게 나직한 신음을 흘렸다. 무슨 말을 해야 좋을지 알 수 없었다. 편지에서 뿜어져 나온 빛이 사그라드는 사이 눈앞은 눈물로 뿌옇게 흐려졌다.

하루는 세희 언니를 구하다가 사고를 당하고도 또다시 언니를 걱정해 저승의 우체부를 찾아왔다. 나를 용서했을 때와 마찬가지로 세희 언니 또한 원망하지 않았다. 어째서 하루는 이토록 인간을 사랑하는 것일까? 인간은 하루에게 해준 게 없는데, 왜 자신의 생명을 바치면서까지 사랑을 주는 걸까.

아마 세희 언니도 나와 같은 생각을 한 모양이었다. 언니의 손에 들린 편지지가 파르륵 소리를 내며 흔들렸다.

"이게 정말 하루가 보낸 편지라고?"

혼잣말을 중얼거린 언니는 온갖 감정이 녹아 있는 표정으로 편지를 연신 만지작거렸다.

'그런데 내가 방금 본 환영은 뭐였을까? 편지에 담긴 기억일까? 차사도 한 주무관도 내게 편지에서 이런 환영이 보일 거라는 말은 하지 않았는데, 왜 갑자기 세희 언니의 기억이 보인 거지?'

그러나 의문은 길게 이어지지 못했다. 세희 언니가 머뭇거리는 목소리로 질문을 던졌기 때문이다.

"편지에 뭐라고…… 쓰여 있니?"

"아!"

그제야 나는 세희 언니가 앞을 못 본다는 사실을 떠올리고 나의 무심함에 내심 혀를 찼다. 눈이 보이지 않는 언니에게 편지를 읽으라고 주다니. 쥐구멍이 있으면 당장이라도 숨고 싶었다.

"죄송해요. 제가……."

"미안하지만 대신 읽어줄래?"

세희 언니는 들고 있던 편지를 내게 내밀었다. 자존심 강한 세희 언니가 이런 부탁을 하는 게 얼마나 어려웠을지 알고 있다. 나는 언니가 건넨 편지를 받는 대신 세희 언니를 뚫어지게 쳐다보았다. 마치 울음을 참고 있는 것처럼 언니의 꽉 다문 입술에는 잔뜩 힘이 들어가 있었다.

지금 세희 언니는 무슨 생각을 할까? 내가 하루를 외면한 일을 후회했던 것처럼 언니도 지난 일들을 후회하는 걸까? 편지의 환영 속에서 봤던 언니의 모습들이 하나둘 머릿속을 스쳐 지나갔다. 엄마에게 짜증을 낸 것, 친구들을 원망한 것, 하루를 지켜주지 못한 것…….

나는 천천히 시선을 내려 언니가 든 편지를 바라보았다.

"안 주셔도 돼요. 하루가 뭐라고 썼는지 알고 있거든요."

"뭐라고…… 썼는데?"

어디선가 불어온 바람에 하루의 편지가 팔랑거리며 흔들렸다. 언니는 어떠한 원망의 말도 겸허히 받아들이겠다는 듯 결연한 표정이었다. 나는 조용히 입술을 달싹였다.

"발바닥에 잉크를 묻혀 편지지에 찍었어요. 하루는 글자를 모르니까요."

"어?"

생각지도 못한 대답이었는지 세희 언니가 당황스러운 표정을 지었다. 그러곤 이내 허탈한 웃음을 터뜨렸다. 고개를 숙인 채 끅끅 숨을 삼키던 언니는 한참 만에야 입을 열었다. 그 사이로 냉소적인 목소리가 흘러나왔다.

"하긴 그렇지. 하루는 글을 모르지. 내가 도대체 뭘 기대한 거람."

"하루는 저승에서도 짖지 않았어요. 아무리 반가워도 꼬리만 열심히 흔들었죠. 특히 제가 언니의 이름을 말할 땐 하루의 꼬리가 떨어질 것처럼 아주 빠르게 흔들렸어요."

세희 언니는 두 손으로 편지지를 꽉 움켜쥔 채 내 말에 조용히 귀를 기울였다. 나도 내 두 손을 꽉 맞잡았다. 왠지 모르겠지만 목이 메었다.

"하루는 제 첫 손님이에요. 언니에게 편지를 보내기 위해 누구보다 먼저 저를 찾아왔거든요. 제가 대신 편지를 써주겠다고 했는데도 하루는 언니에게 할 말이 있는 것처럼 직접 편지지에 발 도장을 찍었죠. 그 모습이 정말로 기뻐 보였어요. 마치…… 다시 만날 것을 아는 것처럼요. 또 같이 놀자, 라고 얘기하는 것 같았어요."

"또 같이 놀자고?"

기어코 세희 언니의 얼굴에서 눈물이 떨어졌다. 그 자리에

풀썩 주저앉은 언니가 편지지에 얼굴을 묻고 흐느꼈다. 달싹이는 잇새로 젖은 목소리가 새어 나왔다.

"그럴 리가 없어."

언니가 고개를 저었다.

"나는 하루와 논 적이 한 번도 없어. 늘 화를 내고 짜증만 부렸는걸? 산책도 하루에겐 일이었을 거야. 그날도 내가 고집을 부리지 않았으면, 하루의 말을 듣고 집으로 돌아가기만 했으면, 그런 일은 벌어지지 않았을 거야. 그러니 하루는 이제 나 같은 건 꼴도 보기 싫을걸? 두 번 다시 나를 만나고 싶지 않을 거야. 편지엔 분명 그런 말이 적혀 있을 거라고."

세희 언니의 모습에서 내가 겹쳐 보였다. 하루를 모른 척한 후 온종일 후회하던 내가. 나는 세희 언니를 향해 한 걸음 다가갔다. 그리고 두 팔로 언니를 껴안은 뒤 언니의 어깨에 턱을 올렸다. 갑작스러운 포옹에 언니가 흠칫 몸을 떨었다.

그제야 무슨 짓을 했는지 깨달은 나는 뒤늦게 당황한 표정을 지었다. 어디서 이런 용기가 났을까? 누군가에게 먼저 다가가는 건 나답지 않은 일이었다. 지금까지의 나는 제자리에 앉아서 상대가 말을 걸어줄 때까지 기다리기만 하는 사람이었다.

'내가 먼저 말을 걸었는데 상대방이 싫어하면 어쩌지? 거절

당하면 무척 창피할 거야.'

수만 가지 걱정이 용기를 꺾은 탓에 나는 한 번도 상대에게 먼저 손을 내밀어 본 적이 없었다. 하지만 지금은 울고 있는 세희 언니를 안아줘야 할 것 같았다. 내겐 하루처럼 부드러운 털이 없지만 그래도 하루처럼 따뜻하게 언니를 위로하고 싶었다.

"하루는 언니를 원망하지 않아요. 여전히 언니를 좋아하죠."

"왜? 나는 아무것도 해준 게 없는데 두대체 왜 날 좋아하는 거야?"

글쎄, 왜일까? 나는 대답 대신 언니의 등을 다정하게 쓰다듬었다. 나보다 큰 언니가 왠지 아주 작게 느껴졌다. 세희 언니가 내 어깨에 얼굴을 묻었다. 왼쪽 어깨가 축축하게 젖었다.

그때 나를 꽉 껴안은 세희 언니가 내 머리를 쓰다듬었다. 마치 강아지를 쓰다듬듯이 말이다. 다정한 손길과 함께 언니의 울음소리가 점점 작아졌다.

"내가 울면 하루가 늘 이렇게 안아줬어."

그 순간 이런 생각이 스쳤다.

'아, 어쩌면 하루가 언니에게 전해주고 싶은 건 편지가 아니었는지도 몰라.'

하루는 자책하고 있을 언니에게 따뜻한 위로를 전해주고 싶었던 거다. 언니가 울 때마다 언제나 그러했듯 따스한 품을 내어주고 싶었던 것이다.

"하루는 언니가 자책하는 걸 바라지 않아요. 하루는 언니가 행복하길 바라요."

"내가 행복하길 바란다고?"

"예."

고개를 든 세희 언니는 믿을 수 없는 말을 들은 사람처럼 멍하니 입을 벌렸다. 동그랗게 뜬 눈에서 눈물이 쉴 새 없이 굴러떨어졌다. 눈물이 반짝이는 걸 보니 그 속에 별이 담겨 있나 보다.

"이럴 게 아니라!"

언니는 더듬더듬 벽을 짚으며 자리에서 벌떡 일어났다. 그리고 다급한 목소리로 말했다.

"잠깐만 기다려줘! 나도 하루에게 답장을 쓰고 싶어!"

그 말을 남겨놓고 세희 언니는 집 안으로 사라졌다. 현관문 너머에서 우당탕 소란스러운 소리가 들렸다.

"답장?"

한 주무관은 내게 답장을 전해줘야 한다는 말은 하지 않았다. 차사도 우체부의 업무는 저승의 편지를 이승에 전해주는 일이라고만 했다. 두 사람의 말에 따르면 내 임무는 여기까지

다. 이대로 등을 돌리고 돌아가도 나를 나무랄 사람은 아무도 없었다.

그러나 나는 여전히 그 자리에 서 있었다. 하루의 위로를 세희 언니에게 전해준 것처럼 언니의 마음도 하루에게 전하고 싶었다. 그럼 하루가 좀 더 편안하게 저승으로 갈 수 있을 것 같았다.

"뭐라고 쓰지. 할 말이 너무 많아서 생각이 안 나……."

열린 문 틈새로 언니가 울먹이는 소리가 희미하게 날아왔다. 그 순간 세희 언니의 편지와 함께 하루에게 전해줄 게 생각났다. 뾰족하게 날을 세웠던 세희 언니의 뭉툭한 다정함.

"사실은 언니도 너를 많이 좋아하고 있다고 말해줘야지."

나는 밤하늘을 올려다보며 조용히 눈매를 접었다. 손톱처럼 가느다란 초승달이 희부연 빛으로 힘겹게 세상을 밝혀주고 있었다.

오래지 않아 세희 언니가 다시 모습을 드러냈다.

"여기."

언니는 내게 곱게 접힌 종이 한 장을 내밀었다. 편지를 받던 내 손길이 멈칫했다. 세희 언니의 오른 손바닥이 노르스름했기 때문이다. 희미하게 미소 지은 나는 편지를 가방 깊숙한 곳에 소중하게 챙겨 넣었다.

"언니의 마음을 하루에게 대신 전해줄게요."

"고마워. 정말…… 고마워."

"안녕히 계세요."

나는 언니가 앞을 보지 못한다는 사실도 잊고 또다시 고개를 꾸벅 숙였다. 곧장 저승으로 돌아온 나는 엘리베이터에서 내리자마자 걸음을 멈추었다. 빨간 우체통 옆에 엎드려 있는 인절미 색 털 뭉치가 보였기 때문이다.

"하루!"

내가 도착했을 때부터 꼬리를 살랑살랑 흔들고 있던 하루가 자리에서 일어나 기지개를 켰다. 그리고 타박타박 흙길을 밟으며 내게로 걸어왔다.

"짠. 내가 뭘 가져왔는지 봐봐."

나는 가방에서 언니의 편지를 꺼냈다. 킁킁 냄새를 맡던 하루의 꼬리가 점점 더 빨라졌다. 나는 편지를 반듯하게 펼쳐서 하루 앞에 내려놓았다.

"언니가 너한테 보내는 편지야."

하루는 까만 눈동자로 종이를 들여다보았다. 글을 읽을 수는 없어도 하루는 아마 언니가 쓴 편지를 이해했을 거다. 거기엔 노란색 잉크로 언니의 손바닥이 찍혀 있었으니까.

나는 자리에 쪼그리고 앉아 하루의 머리를 쓰다듬었다. 편지에 코를 박고 냄새를 맡던 하루가 내 손바닥에 머리를 비비적거렸다. 젖은 코가 손바닥에 닿았다. 그 느낌이 간지러워서 까르르 웃고 말았다. 아마 언니는 이렇게 하루의 머리를 쓰다듬고 싶지 않았을까?

"언니가 미안하대."

무릎에 턱을 괸 채 빤히 쳐다보자 하루는 고개를 갸웃거렸다. 나는 하루의 머리를 쓰다듬으며 다정하게 말을 이었다.

"그리고 고맙대."

끼잉, 하루가 반대쪽으로 고개를 기울였다.

"다음에 꼭 다시 만나재."

끼잉, 이번엔 또다시 반대쪽으로.

"그리고 같이 산책 가재."

멍!

마지막으로 하루는 고개를 젖히며 커다랗게 짖었다. 갑작스러운 소리에 깜짝 놀라 엉덩방아를 찧자 하루가 다가와 내 뺨을 혀로 핥았다.

"아하하, 간지러워."

멍!

다시 한번 우렁차게 짖은 뒤 하루는 언니의 편지를 입에 물고 저승 쪽으로 걸어갔다. 몇 걸음 멀어지던 하루가 나를 돌아보았다.

"잘 가! 또 만나!"

내 인사에 하루의 꼬리가 아주 빠르게 나부꼈다. 불어오는 바람에 편지가 파라락파라락 흔들렸지만 하루는 입에 문 편지를 절대 놓치지 않았다. 고개를 돌린 하루가 저승을 향해 의기양양하게 걸어갔다. 나는 하루의 뒷모습이 보이지 않을 때까지 그 자리에서 열심히 손을 흔들었다.

*

"세희야, 그만 일어나."

엄마가 깨우는 소리에 세희가 눈을 떴다. 분명 방금 전에 현관문 앞에서 하루에게 답장을 전해주었던 것 같은데 어느새 침대에 누워 있었다. 창밖에선 부지런한 참새가 지저귀었고 간간이 차 소리도 들렸다. 세희는 습관처럼 침대 밑을 더듬었다. 부드러운 털은 만져지지 않았다. 침대 위와 머리맡을 더듬어보았지만 잠들기 전까지 꼭 안고 있던 편지봉투는 어디에도 없었다. 세희는 그제야 모든 게 꿈이었단 사실을 깨달았다.

"그럼 그렇지. 저승에서 온 편지라니, 그게 뭐야. 어린애들도 안 믿을 유치한 얘기잖아."

세희는 처음부터 기대 따윈 하지 않았다는 듯 태연하게 중얼거렸다. 그러다 문득 자신이 왼손을 꽉 움켜쥐고 있다는 사실을 눈치챘다. 세희는 하나씩 손가락을 폈다. 얼마나 오래 주먹을 쥐고 있었던지 전기가 통하는 것처럼 손가락이 저릿저릿했다.

"뭐지?"

오른손 검지로 왼 손바닥을 아주 조심스럽게 쓸어보았다. 가늘고 부드러운 무언가가 만져졌다. 하루의 털은 아니었다. 하루의 털은 이보다 짧고 뻣뻣했다. 불현듯 우는 자신을 안아주었던 우체부와 그의 머리를 쓰다듬었던 기억이 떠올랐다.

"설마 우체부의 머리카락인가?"

세희가 믿을 수 없다는 듯 두 눈을 동그랗게 떴다.

"꿈이 아니었나?"

제 어깨를 안아주던 우체부의 작은 팔은 하루만큼이나 따뜻하고 포근했다. 그와 동시에 어젯밤 일이 꿈이든 아니든 상관없다는 생각이 들었다. 하루는 자신을 원망하지 않을 테니까.

"다시 만나면 사과해야지. 그리고 같이 산책을 하는 거야. 이번에는 나란히 걸음을 맞추면서."

눈꼬리가 휠 정도로 미소를 지은 세희는 벽을 더듬으며 거실로 나갔다.

"안녕히 주무셨어요, 엄마."

"세희야!"

아침 준비를 하던 엄마가 두 눈을 크게 떴다. 세희가 오랜만에 웃고 있었기 때문이다. 멍한 표정을 짓던 엄마는 두 손으로 입을 막은 채 눈물을 뚝뚝 떨구었다. 세희는 숨죽인 흐느낌을 따라 천천히 걸어가 엄마의 어깨를 끌어안았다. 하루가 제게 그랬던 것처럼, 그리고 우체부가 제게 그랬던 것처럼 말이다.

오랜만에 안은 엄마의 어깨는 예전보다 앙상하게 야위어 있었다. 세희는 자신의 품도 하루나 우체부만큼 따뜻하기를 바랐다.

"미안해, 엄마."

"아니야. 무슨 그런 말을 해."

엄마가 고개를 저었다. 부드러운 손이 세희의 등을 다정하게 쓸어내렸다. 세희는 엄마의 어깨에 얼굴을 묻은 채 조용히 눈물을 흘렸다. 저승에서 다시 하루를 만난다면 지금보다 좋은 주인이 되어주고 싶었다. 그러기 위해서는 좀 더 좋은 사람이 되어야 했다.

"엄마, 고마워."

진작에 했어야 할 말이 이제야 입술을 비집고 나왔다. 막상 말을 뱉고 나니 그렇게 어려운 일은 아니었다.

"정말 고마워."

세희는 오랜만에 홀가분한 얼굴로 활짝 웃었다. 창밖의 새 소리가 유난히 경쾌했다. 새로운 날의 시작을 알리듯.

"하아암."

벌써 몇 번째 하품인지 모르겠다. 어찌나 입을 크게 벌렸는지 입꼬리가 찢어질 것처럼 쓰라렸다. 저승에서 보낸 편지를 전달하느라 날밤을 새웠더니 온종일 졸음이 쏟아졌다. 공부를 썩 잘하는 편은 아니지만 그나마 중간을 유지하던 성적마저 더 떨어지게 생겼다.

"어제 잠 못 잤어?"

앞자리에서 들린 목소리에 반쯤 감긴 눈을 떴다. 지우가 걱정스러운 표정으로 나를 쳐다보고 있었다. 고개를 설레설레 저으며 "아니" 하고 대답했지만 그 와중에도 눈이 감겼다. 꾸벅꾸벅 무거운 머리가 자꾸만 아래로 떨어졌다. 몽롱한 의식

저편에서 소현의 목소리가 들려왔다.

"달희는 왜 저래?"

"잠을 못 잤나 봐. 오늘 수업 시간에도 계속 졸더니 아직도 이러네."

"이상하네. 달희가 공부는 못 해도 수업 시간에 잠은 안 자는데."

아, 그 말은 좀 억울하다. 물론 내가 대단한 우등생은 아니래도 나보다 성적이 안 좋은 소현에게 들을 말은 아닌데. 지우라면 모를까.

"어? 달희가 무슨 말을 하는 것 같은데. 입술이 움찔거려."

"정말 그렇네."

"그나저나 달희는 그렇다 치고 너는 얼굴이 왜 그래?"

지우 얼굴? 지우야 매일 예쁘지, 뭘 새삼스럽게. 친구들의 대화에 생각을 덧붙이다 보니 이마를 책상에 박기 직전이었다. 알면서도 손가락 하나 까딱할 수 없었다. 몸과 정신이 분리된 기분이었다.

그때 이마에 부드러운 것이 닿았다.

"그거 네가 아끼는 인형이잖아."

"괜찮아."

아마 지우가 가방에 달고 다니는 고양이 인형을 내 이마에

대어줬나 보다. 역시 지우는 배려심도 깊다. 짧은 순간 어떻게 이런 생각을 할 수 있었을까? 나라면 발만 동동 구르며 지켜봤을 텐데.

'그나저나 하루는 저승에 잘 도착했을까? 동물은 재판을 안 받는다고 했으니 좋은 곳으로 갔겠지? 세희 언니는 괜찮으려나? 나중에 슬쩍 찾아가 볼까? 아니야. 그러다 세희 언니랑 마주치면 뭐라고 변명해? 내가 저승의 우체부라고? 그 말을 믿을까?'

머릿속이 점점 더 헝클어지는 사이 지우가 한숨을 푹 내쉬었다. 거 보라는 듯 소현이 다그쳤다.

"무슨 일 있지? 만날 웃고 다니는 애가 웬 한숨을 그렇게 크게 쉬어?"

어? 정말이네. 지우야, 무슨 일 있어? 으으, 안 되겠다. 마음은 지우의 걱정으로 가득한데 눈이 떠지지 않았다. 그건 정말 속상한 일이었다.

"뭐, 그렇게 큰일은 아니고."

"얼마나 작은 일인데? 말해봐."

소현의 농담에 지우가 까르르 웃음을 터뜨렸다. 그러곤 사뭇 진지한 목소리로 말을 이었다.

"이번에 피아노 콩쿠르가 있었는데."

“응, 알아. 너 무슨 대회 나간다고 들었는데. 그래서 요즘 우리랑 놀지도 않고 곧장 학원으로 갔잖아. 대회는 잘 끝났어?”

소현의 물음에 나도 고개를 끄덕였다. 제대로 끄덕였는지는 알 수 없지만 일단 시도는 했다. 공부도 잘하고 운동도 잘하는 지우는 피아노까지 잘 쳤다. 도대체 못 하는 게 뭐람?

“거기서 대상을 받았어.”

“뭐? 대상이면 1등 아니야? 대단한 일이잖아? 그런데 뭐가 걱정이야.”

대상. 1등. 내게는 꿈 같은 단어다. 내가 대회에 나가서 받은 상은 해봐야 참가상이 전부였다. 시험을 치면 25명 중에서 13등, 남들 눈에 띄지 않는 조연. 난 언제나 애매했다.

지우처럼 하나에 매달려 열심히 노력하는 건 어떤 기분일까? 그럼 삶이 좀 더 재미있으려나?

“그렇게 큰 대회는 아니었고.”

피아노도 잘 치는데 겸손하기까지 하다니. 역시 지우는 주인공이 틀림없었다.

“사실 나 피아노 콩쿠르에서 한 번도 대상을 받은 적이 없거든. 만년 2등이었어.”

어? 그건 좀 충격적인 이야기다. 매번 1등만 할 것 같은 지우가 2등이라니.

"콩쿠르에 나가면 다 그 얼굴이 그 얼굴이거든. 성적도 매번 비슷비슷하고. 그런데 늘 대상을 받는 남자아이가 있어. 내가 아무리 노력해도 따라잡을 수 없는 재능을 가진 친구지."

"그래? 지우 네가 따라잡지 못하는 재능이라니. 천재야?"

"음, 그럴 수도 있고. 어쨌든 개 때문에 난 늘 금상을 받았는데 이번 콩쿠르에 개가 안 나왔어. 그래서 대상을 받은 거야."

"그럼 잘된 거 아냐? 그 덕분에 대상을 받았으니까."

소현의 말에 나는 속으로 열심히 맞장구를 쳤다. 맞아. 나라면 좋아서 춤을 췄을 텐데.

"내가 노력해서 받은 대상이 아니잖아. 빈집을 턴 셈이니까. 그보다 갑자기 왜 콩쿠르에 안 나왔는지 걱정되기도 하고."

"걱정할 사람이 없어서 라이벌을 걱정하니? 너도 참 대단하다."

나는 소현의 의견에 동조하듯 고개를 끄덕였다. 머리가 너무 무거워 꼼짝도 하지 않았지만.

"그런데 개 이름은 뭐야? 네 라이벌이라는 남자아이."

"윤민재야. 너도 한 번쯤은 들어봤을걸? 피아노 영재로 신문에 실린 적도 몇 번 있거든."

"아니, 한 번도 안 들어봤어."

소현의 뚱한 대꾸에 지우가 다시 웃음을 터뜨렸다.

그보다 지우가 라이벌 없이 대상을 받았다고 침울한 건 아니겠지? 이럴 때 하루가 곁에 있으면 좋을 텐데. 하루를 끌어안고 복슬복슬한 털을 매만지면 속상한 마음 따위는 순식간에 사라지니까.

소현이 키득거리며 작게 속삭였다.

"얘, 달희 좀 봐. 잠결에 네 손등을 두드리고 있어. 위로하는 건가?"

"그러게. 그런가 봐."

지우의 목소리가 누그러졌다. 내가 지우를 위로했다고? 그럴 리가. 나는 뭐라고 변명하고 싶었지만 끝내 아무 말도 할 수 없었다. 잠기운이 묻은 눈을 뜨는 건 지구를 들어 올리는 것만큼이나 힘든 일이었다.

"갑자기 궁금해서 그러는데."

깜빡깜빡 멀어지는 의식 너머로 소현의 목소리가 뭉개지듯이 들렸다. 여기서 잠들면 안 되는데. 곧 수업이 시작할 텐데.

"지우 너 학기 초에 왜 갑자기 달희한테 말 걸었어? 너희 둘이 작년에도 같은 반이었지만 친하지는 않았잖아."

하긴 그건 나도 궁금하다. 친하게 지내던 하은이랑은 이유도 모른 채 멀어졌는데, 친하지 않던 지우는 왜 나와 친구가 되고 싶었을까? 그걸 알면 지우와는 멀어지지 않을 수 있을 텐데. 나는 지우의 대답을 들으려 수면 아래로 잠기는 의식을 억지로 잡아당겼다. 그러나 결국 잠을 이기지 못하고 푹신한 인형에 이마를 파묻고 말았다.

"달희가 누구 험담하는 걸 한 번도 못 들어봤거든."

지우 목소리가 아주 멀리서 들리는 듯처럼 희미했다. 이제는 귓가에서 속삭이는 얘기들이 꿈인지 현실인지도 헷갈렸다.

"애들이 나를 재수 없어 한다는 건 알고 있어."

"어, 지우야……."

소현의 목소리가 난감한 기색을 띠었다. 하지만 지우는 대수롭지 않게 말을 이었다.

"친하다고 생각한 친구가 몰래 내 욕을 하다가 들킨 적도 여러 번이거든."

"그랬어?"

"작년에도 그런 일이 있었어. 반 애들이 내가 듣고 있는 줄 모르고 잘난 척한다며 험담을 했어. 나랑 가장 친한 친구도 선생님이 나만 편애한다며 같이 내 욕을 하는데, 거기서 달희만 아무 말도 안 했어. 아니, 말을 하긴 했다."

"뭐라고?"

"'지우는 잘난 척하는 게 아니라 진짜 잘났잖아. 나는 지우가 부럽던데'라고. 물론 아무도 달희 말에 대꾸를 안 했지만."

"그래? 오오, 달희가 의리 있네."

"나는 달희가 다른 사람에 대해 나쁘게 얘기하는 걸 들은 적이 한 번도 없어."

"그러고 보니 나도 들은 적 없긴 해. 원래 말수가 적기도 하지만 달희가 누구 험담을 하는 성격은 아니지. 그래서 네가 달희랑 친해지고 싶었구나?"

"응. 달희 옆에선 '애가 겉으론 웃어도 속으론 나를 싫어하겠지?' 같은 생각을 안 해도 되거든."

방금 들었던 이야기는 무의식 속으로 깊숙하게 가라앉았다. 대신 나는 내 키만 한 가방을 메고 편지를 전해주러 뛰어다니는 꿈을 꾸었다. 손에 든 편지가 점점 커지더니 집채만 하게 변해서 나를 짓누르는 악몽이었다.

*

이젠 편지를 배달하는 일도 제법 익숙해졌다. 우체통에는 매일 한두 통의 편지가 우체통에 들어 있었다. 누군가는 아직 어린 아들딸에게 다정한 잔소리를 남겼고, 누군가는 슬픔에 겨운 아내에게 케케묵은 보험증서의 위치를 알렸으며, 또 누군가는 홀로 남은 늙은 아버지에게 통장 비밀번호를 전했다.

내가 사는 세상엔 사람 수만큼 많은 사연이 있었다. 나는 편지를 전달하며 같이 울기도 하고 남몰래 웃기도 했다. 신기하게도 처음처럼 이 일이 무섭고 싫지 않았다. 의외로 보람이 있는 것 같기도 했다.

그런데 오늘은 웬일인지 우체통이 텅 비어 있었다.

"뭐, 이런 날도 있는 거지."

"학생이 우체부라고 했지?"

손을 툭툭 털던 그때 누군가 말을 걸었다. 고개를 들어보니 김 씨 아저씨가 반쯤 허리를 숙인 채 나와 같이 우체통 안을 들여다보고 있었다.

"오늘은 편지가 한 통도 없네. 그럴 줄 알고 손님을 한 명 데려왔지."

"예? 손님이요?"

내가 의아한 표정을 짓는 사이, 아저씨의 등 뒤에서 아주머니 한 분이 모습을 드러냈다. 나를 보며 어색하게 웃는 얼굴이 꽤 푸근했다. 엄마 또래의 아주머니는 "아이참, 괜찮대도 그래요"라고 말하며 내 눈치를 살폈다. 아저씨가 그런 아주머니를 다그쳤다.

"어허, 그렇게 미련이 많으면 저승으로 넘어갈 수가 없다니까 그러네. 언제까지 이곳에 있을 거요? 여긴 오래 있을 데가 못 돼. 죽으면 저승에 가서 재판을 받아야지. 내 말을 믿어요. 내가 여기서 제일 오래 있었으니까 모르는 게 없수다."

나는 김 씨 아저씨의 말에 고개를 갸웃거렸다. 저승 입구에 머문 지 200년이 되었다며 큰소리치던 아저씨가 아주머니에게는 빨리 미련을 털고 저승으로 넘어가라며 조언하는 게 앞뒤가 맞지 않는 것처럼 느껴졌던 탓이었다. 그제야 아저씨는 왜 저승으로 가지 않고 이곳에 남아 있는지 궁금해졌다.

하지만 내 의문은 길게 이어지지 못했다. 아주머니가 "그런데……" 하며 입을 열었기 때문이다.

"정말로 이승에 편지를 보낼 수 있나요?"

"예. 단 한 번, 단 한 명에게만요. 대신 편지를 보내신 뒤에는 미련 없이 재판장으로 가셔야 해요. 그게 편지를 보내는 조건이에요."

내 말에 아주머니가 쓰게 웃었다.

"알고 있어요. 그냥…… 아들한테 인사도 못 하고 사고로 갑자기 이렇게 돼서……. 마지막 인사라도 하고 싶어서 그래요. 편지를 보내고 싶은데 어떻게 하면 될까요?"

그렇게 말하는 아주머니의 표정은 슬픈 것 같기도 했고 후회스러운 것 같기도 했으며, 한편으로는 체념한 것 같기도 했다. 아니, 사실은 잘 모르겠다. 아주머니는 내가 감히 짐작도 할 수 없는 어떤 감정의 파고 아래에 서 있는 것 같았다.

문득 가슴이 뜨거워졌다. 조용히 슬픔을 삼키는 아주머니를 보니 어떻게든 도와주고 싶었다. 처음 하루를 위해 용기를 냈던 때처럼 내가 할 수 있는 일이 있다면 하고 싶었다. 나는 아주머니에게 야무지게 고개를 끄덕여 보였다.

"저를 따라오세요. 편지 보내는 법을 알려드릴게요."

"어이, 다녀와요."

김 씨 아저씨가 아주머니를 향해 대충 손을 흔들었다. 나는 아주머니와 함께 상담실로 갔다. 테이블 위에는 각양각색의 편지지와 펜이 놓여 있었다. 마음을 전하기엔 하얀 종이가 너무 밋밋한 것 같아 내 용돈을 털어 산 것이었다.

"마음에 드는 편지지를 골라서 편지를 쓰신 후에 주민센터 앞 우체통에 넣으시면 돼요."

"그래요?"

"예, 천천히 쓰셔도 돼요. 대신 주소는 정확하게 적어주시고요. 그래야 받는 사람을 잘 찾을 수 있거든요."

마지막 당부를 끝내고 등을 돌리려는데 아주머니가 나를 불렀다.

"저기, 학생."

"예?"

예상하지 못한 순간 아주머니가 내 손을 덥석 잡았다. 어떤 온기도 느껴지지 않는 차가운 손이었다. 그런데 어째서인지 따뜻했다. 마치 하루가 내 어깨에 턱을 올렸을 때처럼 말이다.

"고마워요."

아주머니가 슬며시 미소 지었다. 너무 놀라 아무런 말도 하지 못하는 사이 아주머니는 내 손등을 부드럽게 쓰다듬었다. 나도 모르게 아주머니의 거친 손을 내려다보았다. 아주머니의 눈매가 다정한 빛을 띠었다.

"우리 아들도 딱 학생 또래예요. 내가 이렇게 됐으니 지금쯤이면 외할머니 댁에 내려가 있을 텐데……. 대회는 어떻게 됐나 몰라."

아아, 지금 아주머니가 쓰다듬고 싶은 건 내 손이 아니라 아들의 손이구나.

"우리 아들이 피아노를 잘 치거든요. 대회가 코앞이었던 것 같은데, 오늘이 며칠이려나."

쑥스러운 표정으로 아들 자랑을 하던 아주머니의 얼굴이 별안간 어두워졌다. 나는 잡힌 손을 빼지도, 그렇다고 마주 잡지도 못한 채 어정쩡하게 서 있었다. 깊이를 알 수 없는 슬픔 앞에서 내 얕은 위로는 아무런 도움이 되지 않을 것 같았기 때문이다.

"걔가 겉으로는 차가워 보이지만 속은 여리거든요. 분명 나때문에 자책하고 있을 거예요. 그러지 말았으면 좋겠는데."

무슨 말을 해야 좋을지 모르겠다. 이럴 때 내가 할 수 있는 건 아주머니의 이야기에 가만히 귀를 기울이는 것뿐이다. 나는 잡은 손에 힘을 주었다. 놀랐는지 두 눈을 크게 뜬 아주머니가 "고마워요" 하며 웃었다. 다행히 내 마음이 제대로 전달된 모양이었다. 참 신기한 일이었다. 굳이 말을 하지 않아도 맞닿은 피부로 마음이 전해진다는 건. 나는 아주머니를 향해 고개를 꾸벅 숙였다.

"그럼 저는 내일 올게요."

"정말 고마워요, 학생. 학생이 아니었으면 아들에게 인사도 못 하고 저승으로 갈 뻔했어요. 아들이 눈에 밟혀서 재판이나 제대로 받았을까 몰라."

"아니에요."

상담실 문을 닫기 전 나는 슬쩍 고개를 기울였다. 닫히는 문틈 사이로 편지지를 앞에 둔 채 곰곰이 생각에 잠긴 아주머니의 얼굴이 보였다. 애틋하게 일그러진 눈동자는 수많은 말을 담고 있었지만 정작 펜을 쥔 손은 꼼짝도 하지 않았다. 하고 싶은 말이 너무 많아서 어떤 말도 하지 못하는 것처럼. 이내 아주머니의 눈에서 눈물이 뚝 하고 떨어졌다.

왠지 보아서는 안 되는 것을 본 것 같았다. 덩달아 눈시울이 붉어지고 목구멍이 시큰했다. 나는 아주머니를 방해하지 않기 위해 조용히 문을 닫고 나왔다.

다음 날 우체통 바닥에는 분홍색 봉투가 하나 놓여 있었다. 오늘은 배달할 편지가 딱 한 통뿐이었다. 누가 쓴 편지인지는 묻지 않아도 알 수 있었다. 나는 손을 뻗어 봉투를 집었다. 그럴 리가 없을 텐데도 붕어빵이 담긴 봉투처럼 따뜻했다.

"어디 보자. 주소가…… 부산이네?"

부산은 난생처음이었다.

"어떡하지? 길을 잘 찾을 수 있을까?"

사실 나는 낯선 곳에 가는 걸 좋아하지 않았다. 생소한 장소에 갈 때면 심장이 두근거릴 만큼 긴장되는 탓에 등하교를 할 때도 언제나 같은 길로만 다녔다. 하지만 어제 보았던 아주머니의 얼굴을 떠올리니 여기서 미적거릴 수 없었다. 결국 나는 한 톨만큼의 용기를 그러모아 자리에서 일어났다.

엘리베이터 쪽을 향해 걸어가며 편지봉투에 적힌 이름을 확인했다.

"윤민재?"

문득 어디서 들어본 이름 같다는 생각이 들었다.

"에이, 그럴 리가 없지. 내가 부산에 사는 아이를 어떻게 알겠어?"

차사가 주었던 카드 키를 익숙하게 엘리베이터에 가져다 대자 문이 열렸다. 엘리베이터가 우우웅 육중한 소리를 내며 움직이기 시작했다. 그리고 나를 순식간에 부산까지 데려다주었다. 마법 같은 일이었다.

엘리베이터에서 내리자마자 생소한 소리가 들렸다. 빗소리 같기도 하고 바람 소리 같기도 했다. 주위를 두리번거리던 나는 이내 나직한 탄성을 터트렸다.

"우와!"

비가 내리는 것도 아니었고 바람이 부는 것도 아니었다. 파도가 밀려왔다가 모래를 쓸고 나가는 소리였다.

쏴아아, 차르륵. 다시 쏴아아, 차르륵.

그 소리는 마치 음악 같아서 아무리 오래 들어도 질리지 않을 듯했다. 끝이 보이지 않는 새카만 밤바다가 눈앞에 있었다. 거대한 자연 앞에서 내가 아주 작은 존재처럼 느껴졌다. 멍하니 넋을 놓고 있는 사이 파도가 코앞까지 밀려왔다.

"으앗!"

나는 화들짝 놀라 뒷걸음질을 쳤다. 무작스러운 파도에 신발코가 젖는 바람에 나도 모르게 미간을 찌푸려졌다.

"아이참, 하필이면 해수욕장 한가운데에 저승 출입구를 만들 건 뭐야."

얼른 모래사장 밖으로 달려간 나는 계단에 앉아 신발 안에 들어간 모래를 탁탁 털었다. 다시 신발을 신은 후 주위를 둘러보니 그제야 부산의 밤 풍경이 눈에 들어왔다.

늦은 시간인데도 불이 켜진 간판이 많았다. 관광객들이 술에 취한 채 밤바다를 거닐었고, 강아지와 산책하는 사람도 더러 있었다. 자동차 한 대가 속도를 높이며 지나갔다. 모래밭에 앉은 다정한 연인은 소란스러움 따윈 아랑곳하지 않고 서로의 어깨에 머리를 기댄 채 밤바다를 바라보았다. 어디선가 희미한 피아노 선율이 흘러나왔다.

나는 주머니에서 휴대전화를 꺼내 편지봉투에 적힌 주소를 검색했다. 이곳에서 멀지 않은 곳에 도착 지점이 표시되었다. 지도를 보며 천천히 걸음을 옮겼다.

길을 찾아가는 동안 문득 내가 부산에 있다는 사실이 믿기지 않았다. 얼마 전까지는 친구에게 인사도 건네지 못했던 내가 이제는 낯선 길을 홀로 걷고 있다는 게. 어쩌면 우체부 일을 하는 동안 나도 모르게 조금 성장한 모양이었다.

"81억 인구 중 단 한 명."

처음에는 차사의 그 말을 믿지 않았다. 그런데 이제는 그가 맞을지도 모르겠단 생각이 들었다. 실은 나도 특별한 사람일지 모른다. 다른 누구도 하지 못하는 일을 할 수 있는 사람일지도.

두 블록을 지나쳤을 뿐인데 방금 전의 휘황찬란한 분위기와는 사뭇 다른 광경이 펼쳐졌다. 불이 꺼진 주택가는 어둡고 고요했다. 늦은 시간까지 운영하는 편의점만이 이 골목의 유일한 조명이었다. 몇 걸음 걷는 사이 지도에는 어느새 목적지에 도착했다는 안내 문구가 떠 있었다.

"여기구나."

고개를 드니 오래된 아파트 한 동이 보였다. 5층짜리 건물은 바닷바람에 쇠약해진 낡은 모습으로 그곳에 서 있었다. 번쩍거리고 떠들썩한 관광지보다 적막하고 오래된 이 아파트가 한결 마음 편했다. 나는 짧게 심호흡을 한 후 다시 한번 편지의 주소를 확인했다.

"402호."

호수를 중얼거리며 새카만 입구로 걸어 들어갔다. 고장이 났는지 머리 위의 조명은 켜지지 않았다. 나는 휴대전화 불빛에 의지해 조심조심 계단을 올랐다. 불안한 마음에 심장이 쿵쾅쿵쾅 뛰었다. 어디선가 귀신이 나타날 것 같았다.

"음?"

한참 겁을 내던 나는 문득 고개를 갸웃거렸다. 하루와 아주머니, 김 씨 아저씨, 그리고 한 주무관까지. 따지고 보면 저승에서 만난 사람들은 모두 귀신이었다. 당연하다. 그들은 이미 죽은 사람이니까. 그런데 이제 와서 새삼 귀신을 무서워한다는 게 우습게 느껴졌다. 그렇게 생각하니 어둠이 덜 두려웠다.

4층에는 두 개의 현관문이 서로 마주 보고 있었는데, 402호는 그중 바로 계단 앞에 있었다. 초인종을 누르기에 앞서 나는 거칠어진 숨을 가다듬고 헝클어진 머리카락도 정돈했다. 편지를 받는 사람은 이 장면을 꿈으로 기억하겠지만 그래도 좋은 인상을 남기고 싶었다. 소중한 편지를 전해주는 사람이 지저분한 모습인 것보다는 깔끔한 게 낫잖아.

딩동 벨소리가 울렸지만 402호는 잠잠했다. 다시 벨을 눌렀다. 이번에도 대답이 없었다. 나는 당혹스러운 눈으로 현관문을 뚫어지게 쳐다보았다.

"아무도 없나?"

난감한 눈으로 손에 든 봉투를 내려다보았다. 새카만 어둠 속에서 분홍색 봉투가 까맣게 보였다. 순간 상담실 문을 닫기 직전 마지막으로 보았던 아주머니의 얼굴이 떠올랐다. 무슨 일이 있어도 이 편지를 전해주고 싶었다.

딩동, 딩동. 다시 초인종을 눌렀다. 여전히 돌아오는 대답은 없었다.

그런데 그때 아래층에서 발소리가 들렸다. 조금씩 가까워지는 발소리는 멈추는 법 없이 곧장 위를 향했다. 다음 순간 난간 너머에서 검은 그림자가 불쑥 나타났다.

"까악!"

나도 모르게 비명을 질렀다. 그 소리에 검은 그림자는 나보다도 더 놀란 모양이었다. 흠칫 물러서던 그림자가 쿵 하고 넘어지며 엉덩방아를 찧었다. 나직한 신음이 계단을 타고 올라왔다.

"혹시 윤민재?"

"뭐야? 너 누군데 내 이름을 알고 있어?"

아래에서 들리는 목소리에는 날카롭게 날이 서 있었다. 놀라서 넘어진 게 창피한지 괜히 더 화를 내는 듯했다.

"누구냐니까?"

성난 음성에 주눅이 든 내 심장이 발랑발랑 뛰었다. 목소리가 절로 움츠러들었다.

"편지를 가져왔는데……."

"편지? 이 시간에?"

엉덩이를 털고 일어난 민재가 의심스러운 목소리로 다그쳤다. 표정이 보이지 않았지만 호의적이지 않다는 건 분명했다.

"명지은 아주머니가 너한테 편지를……."

"닥쳐!"

으앗! 갑자기 들려온 욕설에 깜짝 놀라 심장이 입 밖으로 튀어나올 뻔했다. 나는 민재가 시키는 대로 얌전히 입을 다물었다. 그나마 얼굴이 보이지 않아서 다행이었다. 화난 민재의 얼굴을 마주쳤다면 꼬리를 말고 도망가고 싶어졌을 테니까.

"네가 누군지 모르겠지만 한 번만 더 그딴 장난을 쳤다간 가만 안 둘 거야!"

민재가 고함을 빽 질렀다. 곧이어 계단을 달려 내려가는 발소리가 들려왔다. 너무 당황한 나머지 민재를 쫓아갈 생각도 하지 못했다. 이제껏 저승의 우체부를 의심하는 사람은 많았지만 편지를 받을 사람이 도망가는 상황은 처음이었다.

"어, 어떻게 하지?"

내 손에는 아직도 전해주지 못한 편지가 들려 있었다. 명지은 아주머니가 한 자 한 자 고심하며 써 내려간 편지였다. 분홍색 봉투는 달빛 한 줌 들지 않는 계단에서 여전히 까만색으로 보였다.

"여기서 포기할 순 없지."

스스로를 타이르듯 비장하게 중얼거렸다. 저승과 이승을 오가는 건 아무나 할 수 있는 일이 아니다. 나 말고는 아주머니의 마음을 전해줄 사람이 없다. 차사의 일방적인 부탁을 거절하지 못해 시작한 일일 뿐이었는데 언제 이렇게 사명감이 투철한 우체부가 되었는지 모르겠다.

"좋아, 가보자."

나는 얼굴도 모르는 민재를 찾기 위해 두 눈을 번득이며 걸음을 내디뎠다.

"윤민재! 어디 있어?"

일단 아파트 밖으로 나오기는 했는데 어디로 가야 할지 알 수 없었다. 민재를 찾을 수 있을 거라는 확신도 없었다. 하지만 손에 든 봉투가 너무 무거워 이대로 돌아갈 수 없었다. 나는 민재의 이름을 부르며 무작정 걸음을 옮겼다.

얼마나 헤맸을까? 가까이서 파도 소리가 들렸다. 다시 해수욕장 근처로 나온 모양이었다. 밤이 더욱 깊었지만 바닷가는 여전히 여러 소리로 가득했다.

"응?"

그 순간 피아노 선율이 귓가에 내려앉았다. 아까도 들었던 연주였다. 불현듯 머릿속을 스치고 지나가는 기억이 있었다.

"우리 아들이 피아노를 잘 치거든."

"윤민재야. 너도 한 번쯤은 들어봤을걸? 피아노 천재로 신문에 실린 적도 몇 번 있는데."

어쩌면! 나는 서둘러 피아노 소리를 따라갔다. 해수욕장 한쪽 구석에 설치된 무대 위에 그랜드 피아노 한 대가 놓여 있었다. 바람에 펄럭이는 현수막을 보니 내일 해수욕장에서 공연이 열리는 모양이었다.

어슴푸레한 달빛 아래에서 남자아이가 피아노를 치고 있었다. 화난 표정과 달리 밤공기를 가르는 선율은 더없이 다정하고 온화했다.

"이 곡 제목이 뭐야?"

연주가 멈추길 기다렸다가 슬며시 말을 걸었다. 민재는 목소리만으로 내가 누구인지 알아차렸나 보다. 나를 힐끗 노려보는 눈빛이 제법 사나웠다.

"드뷔시의 〈달빛〉."

그러면서도 착실히 대답을 해주는 게 어쩐지 우스웠다.

"뭐야? 왜 웃어? 내가 웃겨?"

민재가 눈을 부라리며 으름장을 놓았다. 내가 특별한 사람이란 자신감과 내가 아니면 이 일을 할 사람이 없다는 사명감은 평소와 다른 용기를 부여했다. 그래서 나는 민재의 날 선

눈빛을 피해 도망가는 대신 당당하게 대꾸했다.

"아까도 여기서 연주했지? 나는 피아노를 너무 잘 쳐서 누가 음악을 틀어놓은 줄 알았어."

내 말에 민재는 휙 하고 반대편으로 고개를 돌렸다. 나는 아랑곳하지 않고서 손에 든 봉투를 건넸다.

"아주머니는 너와 제대로 된 작별 인사를 못 해서 저승으로 가지 못하고 계셔. 그래서 네게 편지를 쓰셨고, 나는 그걸 전해주러 온 거야. 읽을지 말지는 네가 결정해. 전해주는 것까지가 내 일이니까. 네가 읽든 말든 나완 상관없어."

꽤 단호한 말에 민재가 뾰족한 눈으로 다시 나를 돌아보았다. 나는 가볍게 어깨를 으쓱인 후 편지를 피아노 위에 올려놓았다. 정말로 읽을지 말지는 민재의 선택에 달렸다는 듯이 말이다.

달빛에 비친 봉투가 옅은 분홍색을 띠었다. 아니, 황금색을.

잠깐, 황금색?

깜짝 놀라는 사이 봉투에서 눈부신 빛이 뿜어져 나왔다.

*

민재가 처음 피아노를 시작한 건 초등학교 1학년 때였다.

부모님이 맞벌이였던 터라 둘 중 한 사람이 퇴근하기 전까지 민재는 온갖 학원을 전전해야 했고, 그중에서도 피아노 학원은 남는 시간을 때우기 좋은 곳이었다.

그 시절 피아노 학원은 민재처럼 부모님의 퇴근을 기다리는 아이들이 모이는 사랑방이기도 했다. 강습을 받는 아이가 선생님과 함께 연습실 안에 들어가고 나면 남은 아이들은 거실에서 뛰어놀았다. 시간제한도 없었고 조용히 하라고 고함을 지르는 어른도 없었다. 부모님이 데리러 올 때까지 그곳은 아이들의 놀이터였다.

그런데 어느 순간부터 민재는 아이들과 노는 것보다 혼자 피아노를 치는 것을 더 재미있어했다. 이유는 없었다. 손가락이 움직일 때마다 다른 음을 내는 건반이, 그리고 그 음이 만들어내는 소리가 그냥 재미있었다.

그러다 보니 같이 시작한 친구들보다 진도가 빨랐다. 운 좋게 재능도 있었던 모양이다. 언젠가부터 선생님의 칭찬이 잦아졌고 학원을 대표해 콩쿠르에 나가기 시작했다. 대회에 나가서 빈손으로 돌아온 적은 없었다. 거실에 상이 하나씩 늘어날 때마다 민재의 욕심도 덩달아 늘어났다.

그러던 어느 날, 여느 때와 같이 피아노 연습을 하고 나오던 민재는 엄마와 원장 선생님이 나누는 대화를 엿듣게 되었다.

"어머니, 민재한테는 재능이 있어요. 어머니께서도 아시겠지만 예체능은 어떤 선생님에게 가르침을 받느냐가 무척 중요해요. 그때부터 실력이 확 나뉘거든요. 그 바닥에 이름난 선생님이면 아이 실력을 알리기에도 더 유리하고요. 솔직히 말씀드리면 민재는 제가 가르칠 실력을 넘어섰어요."

원장님이 설득하는 어조로 말했지만 엄마의 대답에는 한숨이 섞였다.

"하지만 그렇게 대단한 분에게 레슨을 받으려면 비용이 만만치 않을 텐데요."

사실 민재의 집은 그리 넉넉한 형편이 아니었다. 고만고만한 월급으로 아파트 대출금을 갚기 위해 아등바등하는 평범한 가정 가운데 하나였다.

"민재를 위해서라면 어떻게든 하셔야죠. 민재는 세계로 나갈 수 있는 아이예요, 어머니. 이대로 모른 체하기엔 민재의 재능이 너무 아깝지 않나요?"

선생님을 만나고 온 엄마는 민재에게 피아노를 계속하고 싶은지 물었다. 불현듯 화가 났다. 마치 책임을 저한테 떠넘기는 것 같았다. 민재는 결국 마음에도 없는 소리를 하고 말았다.

"엄마는 내가 피아노를 그만뒀으면 좋겠어?"

"그게 아니라……."

"그게 그 말이잖아! 다른 애들은 말 안 해도 부모님이 알아서 다 해준대. 그런데 나는 이게 뭐야? 엄마 아빠가 나한테 해준 게 뭐가 있어?"

그 후 엄마는 하던 일을 그만두고 간병인으로 취업했다. 그편이 돈을 더 많이 벌 수 있었기 때문이다. 교대 근무가 일상이라 밤을 꼬박 새우고 들어오는 날도 잦았지만, 엄마는 힘들다는 얘기 한번 하지 않았다. 아빠는 퇴근 후에도 종종 대리운전을 하러 나가곤 했다.

그렇게 해도 마음껏 레슨을 받을 순 없었다. 한 회에 100만 원을 거뜬히 넘는 레슨비 탓에 몇 달 받다가 몇 달 쉬는 날들이 이어졌다. 그럴 때면 갈증이 났다.

민재는 더 잘하고 싶었다. 그 욕심에 부모님이 무리하고 있다는 사실을 억지로 외면했다. 어차피 나중에 다 갚아줄 거다. 유명한 피아니스트가 되면 버는 돈을 모두 부모님에게 드릴 거다. 그러니까 지금은 부모님이 조금만 더 참아주길 바랐다.

그런데 나흘 전, 모든 것이 물거품이 되고 말았다. 엄마가 돌보는 환자의 상태가 안 좋아져 꼬박 이틀 동안 밤을 새우고 돌아오는 길이었다. 이번에 담당한 환자는 점잖은 할아버지였는데, 엄마를 만나러 갈 때면 종종 대화를 나누곤 해 민재에게도 꽤 친근한 분이었다.

> 이대평 할아버지가 갑자기 중환자실에 가시는 바람에
> 보호자가 도착할 때까지 기다리느라 이제 출발했어.
> 30분 뒤면 도착해. 밥 챙겨 먹었니?

메시지가 도착한 지 한 시간이 지났는데도 엄마는 감감무소식이었다. 엄마의 애마인 오래된 경차가 또 삐걱거리는 모양이었다. 피아니스트로 유명해지면 엄마 차부터 바꿔줘야겠다. 이왕이면 나를 태우고 다닐 수 있게 커다란 차로.

그러다 한 시간이 훌쩍 지났다. 메시지를 보내도 돌아오는 답은 없었다. 아빠도 걱정이 되는지 연신 시계만 힐끔거렸다.

"이상하다. 이렇게 늦을 리가 없는데. 전화도 안 받고."

그때 아빠 휴대전화가 울렸다. "예, 그런데요" 하고 대답하던 아빠 얼굴이 백지장처럼 하얗게 질렸다. 휴대전화를 들고 뛰기 시작하는 아빠에게 "무슨 일이에요?" 하고 물었다. 현관문을 열던 아빠가 뒤를 돌아보았다. 이유도 모른 채 심장이 더럭 내려앉았다. 그 순간 아빠가 아무 말도 하지 않으면 좋겠다는 생각이 들었다.

"엄마가…… 차 사고가 났다는구나."

민재는 털썩 그 자리에 주저앉았다. 아빠를 따라가려고 했지만 다리에 힘이 풀려 일어설 수가 없었다. 아빠가 현관문을 나서며 소리쳤다.

"전화할 테니까 집에 있어. 고모한테 들르라고 할게."

그 뒤의 일들은 제대로 기억나지 않았다. 고모와 함께 찾아 간 병원에서 엄마를 본 것 같기는 했다. 흰 천이 엄마의 얼굴을 덮었고 아빠는 망연자실한 얼굴로 천장만 올려다보았다. 그래서 더 현실감이 들지 않았다. 아빠가 울고 있지 않아서. 금방이라도 엄마가 흰 천을 걷고 일어날 것만 같았다.

하지만 끝내 그런 기적은 일어나지 않았다.

경찰은 사고의 원인이 졸음운전으로 추정된다고 했다. 갑자기 나타난 행인을 뒤늦게 발견한 엄마가 급하게 운전대를 꺾다가 가로수를 들이받았다고 말이다. 민재는 그럴 리가 없다고 소리쳤다. 엄마가 졸음운전이라니, 말도 안 된다.

나중에 CCTV를 확인해 보니 웬 여자가 골목에서 큰길로 불쑥 튀어나왔다. 그 뒤를 개 한 마리가 쫓아왔다. 엄마는 핸들을 틀었지만 누가 봐도 평소보다 반응이 늦었다. 그사이 개가 여자를 안전한 곳으로 밀어냈다. 그리고 엄마는 개와 가로수를 차례로 들이받았다.

"죽여버릴 거야!"

민재는 악에 받쳐 고함을 질렀다. 그때 그 골목길에서 여자가 튀어나오지 않았다면? 엄마는 아직도 살아 있을 것이다. 그러니까 이건 모두 그 여자 탓이었다. 민재의 날 선 분노는 이름 모를 여자에게로 향했다.

장례식을 마칠 때까지 아빠와 민재는 단 한 마디도 하지 않았다. 두 남자는 소중한 존재의 상실을 어떻게 대처해야 하는지 감도 잡지 못했다. 장례가 끝나고 돌아온 집은 이상하게 휑뎅그렁하고 쌀쌀했다.

민재의 머릿속에선 앞을 보지 못하는 여자에 대한 원망이 점점 더 커졌다. 혼자만 살아남은 게 괘씸했다. 그 여자를 찾아가서 똑같이 복수하고 싶었다. 어디 사는 누구인지 알게 된다면…….

"내가 죽여버릴 거야."

민재가 분노에 찬 목소리로 중얼거렸다. 깊이 한숨을 내쉰 아빠가 한동안 외할머니 집에 내려가 있는 게 어떻겠냐고 제안했다. 민재는 대답 대신 짐을 싸기 시작했다. 고작 한 사람이 없을 뿐인데 엄마가 없는 집은 영 익숙해지지 않았다.

*

시원한 밤바람에 퍼뜩 정신을 차렸다. 어느새 내 앞엔 울부짖는 민재 대신 피아노 앞에 앉은 민재가 있었다.

왜 갑자기 민재의 과거가 보였는지 모르겠다. 세희 언니에게 편지를 전해줄 때도 지금 같은 환영이 아른거렸지만 그 뒤로는 한 번도 보이지 않아서 우연이라고 생각했는데. 우연이 아니었던 걸까?

민재의 시선은 편지에 못 박혀 있었다. 민재가 아랫입술을 질끈 깨물었다. 나는 아주머니가 편지에 무슨 말을 적었는지 모른다. 내 역할은 편지를 읽는 게 아니라 편지를 전해주는 거니까. 하지만 금방이라도 울 것처럼 일그러진 민재의 얼굴을 보니 대충 어떤 내용인지 짐작은 할 수 있었다.

아마도 사랑한다는 고백, 어린 민재가 걱정된다는 잔소리, 혹은 할아버지가 될 때까지 건강하길 바란다는 소망, 어쩌면 나중에 다시 보자는 막연한 약속.

민재는 시선을 편지에 둔 채로 입술을 달싹였다. 바닷바람에 실려 온 목소리가 축축하게 젖어 있었다.

"내가 엄마한테 그런 말만 안 했어도……. 엄마가 그렇게 늦은 시간까지 일을 할 필요는 없었을 텐데."

"아."

나도 모르게 나직한 탄식을 뱉었다. 다 죽여버릴 거라며 화를 내던 환영 속 민재의 모습이 아직도 선명했다. 민재는 사고를 일으킨 사람에게 화가 난 게 아니었다. 엄마에게 못된 말을 퍼부은 자신에게, 엄마가 잘 다니던 회사를 그만두고 간병인 일을 하게 만든 자신에게, 졸음운전을 할 만큼 엄마를 피곤하게 만든 자신에게 화가 난 것이다.

그리고 아주머니는 그 사실을 알고 있었다.

"걔가 겉으로는 차가워 보이지만 속은 여리거든요. 분명 나 때문에 자책하고 있을 거예요. 그러지 말았으면 좋겠는데."

자책. 그랬다. 아주머니는 민재가 스스로를 책망할 것을 이미 알고 있었다. 어쩌면 아주머니가 진짜로 전하고 싶은 건 편지가 아니라 다른 것일지도 모르겠다. 거기까지 생각이 닿자 순간 내 입술이 제멋대로 움직였다.

"아주머니는 그렇게 생각 안 하셨어."

내 말에 민재가 고개를 들었다. 사납게 치뜬 눈이 마치 "네가 뭘 알아?"라고 화를 내는 듯했다. 하지만 이제는 알고 있다. 그건 화가 아니라 자신에 대한 분노라는 것을.

"아주머니는 네가 자책할까 봐 걱정하셨어."

"말도 안 돼."

민재가 고집스럽게 고개를 저었다. 하늘로 올라간 눈썹은 내려올 생각을 하지 않았다.

"엄마는 나를 원망할 거야. 내가 아니었다면 그런 사고도 일어나지 않았을 테니까. 어쩌면 나를…… 낳을 걸 후회하고 있

129

을걸?"

아, 방금 민재가 뱉은 말은 스스로를 할퀴었을 것이 틀림없었다. 상처받은 민재에게 무슨 말이든 해주고 싶었다. 그러나 어떤 말을 해야 할지 알 수 없었다. 심장이 쿵쾅쿵쾅 뛰고 머릿속이 어지러웠다. 마음의 문을 닫은 민재에게는 영원히 내 말이 닿지 않을 것 같았다.

그래도 포기할 수는 없었다. 최선을 다해 아주머니의 진심을 전달해야 했다. 나는 저승의 우체부니까.

"아주머닌 네가."

또 무슨 말을 하려고 그러냐는 듯 민재가 쌍심지를 켰다. 쓸데없는 말을 했다간 가만 안 둘 기세였다. 나는 큰 숨을 들이켠 뒤 천천히 입술을 달싹였다.

"네가 너를 용서하길 바라셔."

"뭐……?"

일순 민재의 맥이 탁 풀렸다. 독한 말을 쏘아붙이려던 민재가 멍하니 입을 벌리고 두 팔을 늘어뜨렸다. 그 앞에서 나는 천천히 고개를 끄덕였다. 결국 아주머니가 하고 싶었던 말은 그거였다. 민재가 스스로를 용서하는 것.

"어?"

일순 나도 모르게 당황스러운 표정을 지었다. 민재의 눈에

서 눈물이 뚝뚝 떨어졌기 때문이다.

"내가 나를 용서하길 바란다고? 엄마가 그렇게 말했다고?"

민재가 팔뚝으로 눈가를 쓱쓱 문질렀다. 그러곤 나를 쳐다보았다. 빨갛게 달아오른 눈동자에 나까지 절로 흠칫했다.

"정말로 엄마가 나를 원망하지 않았어? 나 때문에 죽었다고, 나를 미워하지 않았냔 말이야. 내 엄마인 걸 후회하지 않았어?"

"아니, 전혀."

나는 평소답지 않게 단호한 표정으로 고개를 저었다.

"나 때문에 밤늦게까지 일하다가 그런 일이 생겼는데? 그래도 나를 싫어하지 않는다고?"

불현듯 민재에게서 내 모습이 보였다. 다른 사람이 나를 싫어할까 봐 두려워하고 불안해하는 모습이. 민재는 그것을 화로 표현했을 뿐 결국 나와 다르지 않았다. 나는 마치 나 자신에게 말하듯이 다정하게 읊조렸다.

"응, 아주머니는 너를 사랑하셔."

민재는 여전히 못 믿겠다는 표정을 지었지만 아까처럼 사나운 얼굴은 아니었다. 번뜩 좋은 생각이 떠올랐다.

"아주머니에게 답장 쓸래? 분명 좋아하실 거야."

"나보고 편지를 쓰라고? 유치원 때 이후로는 한 번도 안 써

봤는데."

민재가 자신 없는 목소리로 웅얼거렸다.

"네가 무슨 말을 쓰든 아주머니는 기뻐하실 거야."

"그럴까?"

"물론이지. 네가 쓴 편지는 내가 꼭 전해줄게. 그걸 보시면 아주머니도 미련 없이 저승으로 가실 수 있을 거야."

사실은 나도 놀랐다. 뭐 먹고 싶냐는 말에 늘 우물쭈물하다가 끝내 아무거나라 답하는 내가 이토록 확신에 차서 고개를 끄덕이다니. 그러나 그 덕분에 민재는 마음을 굳힌 듯했다.

"좋아."

나는 가방에서 종이와 펜을 꺼내서 민재에게 건네주었다. 민재는 피아노 뚜껑을 덮고서 펜을 움켜쥐었다. 섣불리 글을 써 내려가지 못하고 골똘히 생각에 잠긴 모습이 아주머니를 똑 닮았다.

나는 천천히 등을 돌려 어둠이 내린 밤바다를 바라보았다. 철썩, 쏴아아. 철썩, 쏴아아. 파도가 칠 때마다 모래가 밀려왔다가 쓸려갔다. 문득 내가 저 모래와 같다는 생각이 들었다. 파도가 이끄는 대로 밀려갔다가 쓸려가는 모래.

그래서 바위 같은 지우를 부러워했다. 지우라면 아무리 파도가 쳐도 그 자리에서 꼼짝도 하지 않을 것 같았다. 그러나

이젠 나도 뭔가를 할 수 있다는 걸 안다. 힘없는 모래알처럼 파도에 밀려왔다가 쓸려갈 뿐이라 해도 바다의 마음을 땅에게, 땅의 위로를 바다에게 전할 수는 있다는 것을.

내가 정말 선택받은 존재라서 그런 걸까?

'그렇다면 좋을 텐데.'

심장이 조금 전과는 다르게 울렸다. 아까의 두근거림이 두려움이라면 지금의 두근거림은 기대였다. 왠지 세상이 좀 더 아름답게 보였다. 컴컴한 밤이 좀 더 환하게, 어둑한 바다가 좀 더 찬란하게 보였다. 세상이 변한 걸까? 아니면 내가?

"여기."

민재가 머쓱한 태도로 편지를 건넸다. 나는 소중한 마음을 잃어버리지 않도록 편지를 가방에 단단히 챙겨 넣었다. 돌아서는 내 등 뒤에서 머뭇거리는 목소리가 흘러나왔다.

"고마워."

나는 대답 대신 고개만 끄덕였다. 그러다 문득 떠오른 생각에 민재를 돌아보았다.

"아주머니는 네가 피아노 치는 걸 좋아하셨어. 아주머니의 자부심이었대."

민재는 아무 말도 하지 않았다. 다만 입술을 꽉 깨물었다가 놓았을 뿐이다.

"그러니까 피아노를 포기하지 않으면 좋겠다."

"신경 꺼."

또다시 퉁명스러운 대꾸가 날아와 나도 모르게 어깨를 움츠
렸다. 그러다 왠지 억울한 마음에 불쑥 핀잔을 날렸다.

"넌 원래 그렇게 아무한테나 사나워?"

"사납기는 누가."

민재가 겸연쩍은 목소리로 구시렁거렸다.

"그렇게 뾰족하면 사람들이 너를 싫어할 거야."

내 회심의 공격에도 민재는 가볍게 콧방귀만 뀌었다.

"싫어하라지."

내겐 그 한마디가 몹시 충격적이었다. 나는 두 눈을 휘둥그
렇게 뜬 채 조심스러운 어조로 물었다.

"넌 누가 너를 싫어해도 괜찮아?"

"어차피 나도 다 좋아하진 않는데, 뭐."

그렇구나. 그러고 보면 나도 모든 사람을 좋아하진 않았다.
때로는 나를 놀리는 또래 남자애가 얄밉기도 했고, 이유 없이
윽박지르는 체육 선생님이 무섭기도 했으며, 갑자기 연락을
끊어버린 하은을 원망하기도 했다.

"모든 사람에게 사랑받을 필요는 없을지도 몰라."

"뭐라고?"

내 혼잣말에 민재가 제대로 못 들었다는 듯 미간을 찌푸렸다. 나는 어쩐지 한결 후련해진 기분으로 긴 숨을 내쉬었다. 그리고 민재를 향해 가볍게 손을 흔들었다.

"편지는 잘 전해줄게. 안녕."

사박사박 모래를 밟으며 해수욕장 한가운데로 걸어갔다. "여기 어디였는데. 저승의 출입구가……" 하고 중얼거리는 내 귓가에 아름다운 선율이 내려앉았다. 천천히 고개를 돌리자 눈을 감고 피아노를 연주하는 민재의 모습이 보였다.

"드뷔시의 〈달빛〉."

나는 민재가 알려주었던 곡 제목을 곱씹어 보곤 주머니에서 카드 키를 꺼냈다. 엘리베이터 문이 열렸다. 닫히는 문 사이로 피아노 선율이 끊질기게 밀려들었다. 마치 파도 소리처럼 쏴아아, 철썩 하고.

*

이상했다. 잠을 푹 자지 못했는데 오늘따라 유독 머리가 맑았다. 아니, 맑은 건 머리뿐만이 아니었다. 하늘은 평소보다 푸르렀고 공기는 더없이 온화했다. 바람결에 꽃향기가 실려 온 것 같기도 했다. 여느 때와 똑같은 하루인데도 뭔가 바뀌었다는 생각이 들었다.

어젯밤 저승으로 돌아간 나는 아주머니에게 민재의 편지를
전해주었다.

"민재가 편지를 썼다고? 나한테?"

아주머니는 믿을 수 없다는 표정으로 내가 건넨 편지를 받
았다. 그리고 조심스럽게 봉투를 열었다.

나는 단지 우체부일 뿐이다. 민재가 편지에 무슨 말을 썼는
지는 알지 못한다. 하지만 편지를 끌어안은 채 엉엉 울음을 터
뜨리는 아주머니를 보자 분홍색 종이에 어떤 말이 적혀 있을
지 대충은 짐작할 수 있었다. 아마도 아주머니가 가장 듣고 싶
어 하는 말이겠지.

다 큰 어른이 그렇게 대성통곡하는 건 처음 보았다. 처음 저
승에 도착했을 때도 울지 않던 아주머니는 참았던 눈물을 한
꺼번에 터뜨리는 것처럼 서럽게 울었다. 머뭇거리던 나는 아
주머니에게 다가가 살며시 어깨를 끌어안았다. 아주머니가 편
지 대신 나를 안고 하염없이 흐느꼈다. 나는 하루가 그랬던 것
처럼 얌전히 내 몸을 빌려주었다. 그것이 아주머니에게 위로
가 되길 바라며.

한참 후 눈물을 멈춘 아주머니는 한결 시원한 얼굴로 걸음
을 뗐다. 저승으로 걸어가면서도 연신 나를 돌아보며 고맙다

는 인사를 했다.

"제법이네, 학생."

그렇게 말하는 김 씨 아저씨의 눈가가 불그스름했다.

"어?"

딴생각을 하느라 멍하니 모퉁이를 돌다가 멈칫했다. 내 앞을 지나던 강아지가 나를 보고서 걸음을 멈추었고, 목줄을 잡고 있던 세희 언니도 덩달아 그 자리에 멈춰 섰다.

"무슨 일이야, 구름아."

하루와 똑같이 인절미 색의 털을 가진 리트리버가 바닥에 엉덩이를 붙이고 앉았다. 세희 언니는 "아, 사람이 있는 모양이구나" 하고 중얼거렸다. 구름이가 나를 빤히 올려다보았다. 새까만 눈동자는 처음 보는 사람에게도 반짝이는 호의를 건넸다.

"잘했어."

세희 언니가 살짝 무릎을 굽히고 구름이의 머리를 쓰다듬자 구름이의 꼬리가 살랑살랑 흔들렸다. 그 모습을 본 나는 두 눈을 동그랗게 떴다. 하루의 목줄을 신경질적으로 잡아당기던 세희 언니가 구름이를 다정하게 칭찬했기 때문이다.

"강아지가 귀엽네요."

그래서 불쑥 말을 걸고 말았다. 내뱉고 나서야 나답지 않은 오지랖이라는 생각이 들었지만 이미 엎질러진 물이었다.

"응? 이 목소리는…….."

세희 언니가 알쏭달쏭한 표정으로 고개를 갸웃거렸다. 제발 저린 도둑처럼 깜짝 놀랐다. 나는 얼른 입을 틀어막고서 언니를 향해 고개를 꾸벅 숙였다.

"안녕하세요, 저는 배달희라고 해요. 이 골목 가장 안쪽 집에 살아요. 등교할 때 몇 번 언니를 본 적이 있어요."

심장이 쿵쾅쿵쾅 뛰었다. 낯선 사람에게 먼저 말을 거는 행동은 제법 커다란 용기가 필요했다. 하지만 평소처럼 모르는 척 지나갈 수는 없었다. 하루의 편지를 배달해 주었던 밤 보았던 세희 언니의 눈물과 과거의 기억이 어제 일처럼 생생했으니까. 나는 언니가 좀 더 행복하길 바랐다.

"그렇구나."

세희 언니가 어딘지 겸연쩍은 미소를 지었다.

"나는……."

"알아요. 안쪽 골목 이층집에 사는 세희 언니죠? 예전에 제가 언니랑 산책하던 하루의 꼬리를 밟은 적이 있어요."

"우리 하루를 기억하는구나."

순간 언니가 우는 줄 알았다. 그러나 세희 언니는 입꼬리를 당기며 웃었다. 나는 언니가 앞을 못 본단 사실을 알면서도 고개를 크게 끄덕였다.

어떻게 하루를 잊을 수 있겠어요. 하루는…….

"하루는 다정한 강아지였잖아요."

"맞아, 그랬지. 우리 하루를 기억해 줘서 고마워."

나는 대답 대신 언니를 빤히 쳐다보았다. 뭔가 변한 것 같다는 생각이 들었다. 내가 변한 것처럼 세희 언니도 말이다. 목줄을 잡은 손의 힘이 느슨해진 것만이 아니라, 구름이의 머리를 쓰다듬는 손이 부드러워진 것만이 아니라 언니의 안에서 뭔가가 변한 것 같았다.

"그런데 학교 가는 길 아니었어?"

"아!"

그제야 머뭇거릴 시간이 없다는 사실을 깨달았다. 나는 "먼저 가볼게요"라고 인사한 후 곧장 등을 돌렸다. 바람결에 꽃향기와 함께 세희 언니의 목소리가 날아왔다.

"그래. 다음에 또 보자."

"예!"

언니를 향해 손을 흔들었다. 보지 못해도 상관없었다. 내 마음이 전해지리라는 것을 믿으니까. 역시 오늘은 어제까지완 다른 하루였다. 세상은 좀 더 아름다웠고, 또 좀 더 특별했다. 아니, 차사의 말처럼 어쩌면 내가 특별한 것일지도 몰랐다.

"정말로 선택받은 존재인 걸까? 내가 그렇게 대단한 사람이라고?"

발걸음이 날아갈 것처럼 가벼웠다.

"뭐 좋은 일이라도 있어, 달희야?"

교문을 통과하던 그때 익숙한 목소리가 뒤통수를 때렸다. 고개를 돌리자 눈이 마주친 지우가 가볍게 손을 흔들었다. 나는 지우가 옆으로 올 때까지 기다렸다가 나란히 걸음을 옮겼다. 그러다 문득 떠오른 생각에 지우를 돌아보았다.

"너 드뷔시의 〈달빛〉이라는 곡 알아?"

"알지. 너도 그 곡 좋아해?"

"응, 어제 처음 들어봤는데 왠지 좋더라고."

"그래? 나 그 곡 칠 줄 알아. 나중에 시간 되면 음악실에서 연주해 줄게."

와, 지우가 연주하는 〈달빛〉이라니. 그건 또 얼마나 멋질까? 문득 내가 엄청 운이 좋은 사람이라는 생각이 들었다. 콩쿠르에서 대상과 금상을 받은 두 명의 피아노 연주를 직접 들을 수 있으니 말이다.

"정말? 기대된다. 우리 오늘 수업 마치고 탕후루 먹으러 갈래? 피아노 연주에 대한 보답으로 내가 살게."

"웬일이야? 네가 먼저 뭘 하러 가자고 하고."

지우는 오늘 해가 서쪽에서 떴나 하는 표정으로 하늘을 기웃거렸다. 그제야 이제껏 내가 무언가를 하자고 말한 적은 없다는 사실을 깨달았다. 사실 나는 내심 하은이와 그랬던 것처럼 지우랑도 멀어질까 봐 조심스러웠다. 내 행동이 부담스럽게 느껴질까 봐 걱정하느라 여태 지우와 소현이 무슨 말을 하든 고개를 끄덕이기만 했다.

하지만 굳이 그럴 필요가 없었던 모양이다. 이왕 용기를 낸 김에 한마디를 더 덧붙였다.

"다음에 너 피아노 콩쿠르 나가면 응원하러 가도 돼? 소현이랑?"

내 말에 지우는 두 눈을 동그랗게 떴다. 괜한 오지랖이었나 후회하는 사이 지우가 입을 한껏 벌리며 환하게 웃었다. 그러곤 장난스러운 표정으로 주먹을 불끈 쥐었다.

"물론이지. 너희가 온다면 연습을 더 열심히 해야겠는데? 이번에야말로 내 실력으로 대상을 타야겠어."

"안녕, 지우야! 안녕, 달희야!"

우다다 달려오는 발소리와 함께 소현이 나와 지우의 어깨에 털썩 매달렸다. 나는 휘청 넘어가는 몸을 세우며 "안녕, 소현아" 하고 인사했다.

"무슨 얘기를 그렇게 재미있게 해?"

"있지, 방금 전에 달희가……."

나는 지우와 소현이 나누는 얘기를 들으며 얼마 전 스쳐 지나간 하은이를 떠올렸다. 만약 그때 내가 지우처럼 손을 흔들며 반갑게 인사했더라면 뭐가 바뀌었을까? 골목 안으로 숨지 않고 먼저 말을 걸었다면, 지금쯤 하은이와 다시 연락을 주고받고 있을까?

"어쩌면 그럴지도 모르지."

나는 내 귀에도 들리지 않을 만큼 작은 혼잣말을 중얼거리며 교실로 들어갔다.

이젠 저승도 꽤 익숙해졌다. 뭐든 처음이 어렵지 두 번째, 세 번째부터는 쉬운 법이다.

　"어, 달희 학생."

　우체통에 담긴 편지를 챙기던 중 누가 나를 불렀다. 사실 고개를 돌리기 전부터 목소리의 주인이 누구인지 알고 있었다. 나는 마지막 편지 한 통을 가방에 넣은 뒤 김 씨 아저씨에게 인사했다.

　"안녕하세요?"

　아저씨가 한 손을 휘휘 저으며 이쪽으로 걸어왔다. 한 주무관과 싸우는 모습을 보고 무서운 사람이라고 생각했는데, 이제는 속정이 깊은 아저씨라는 걸 안다.

'아저씨도 미련 없이 저승으로 가시면 좋을 텐데.'

그렇게 생각하던 나는 잠시 고개를 갸웃거렸다.

'그런데 김 씨 아저씨는 왜 계속 이곳에 머무는 것일까? 서천을 건넌 사람들은 곧장 재판장으로 향하는데.'

"아저씨."

"응?"

내게 손을 흔들고 주민센터로 걸어가던 아저씨가 대수롭지 않은 태도로 돌아보았다. 나도 모르게 아저씨에게 불쑥 질문을 던졌다.

"아저씨는 왜 재판을 안 받고 이곳에 계세요? 남은 미련이라도 있으세요?"

예전의 나라면 절대 하지 못했을 질문이다. 혹시라도 상대방의 기분이 상할까 봐 호기심은 속으로만 삼켰을 것이다. 갑자기 어디서 이런 용기가 생겼을까?

"미련이라."

아저씨는 고개를 젖히고 먼 하늘을 올려다보았다. 그 표정이 너무 씁쓸해 뒤늦게 괜한 질문을 했다는 생각이 들었다. 역시 안 하던 오지랖은 부리는 게 아니었나 보다.

"아니에요. 대답하시기 싫으시면……."

"있지, 미련."

김 씨 아저씨는 생각보다 담담한 태도로 대답했다.

"내 아들이 미련이야."

"아들이요?"

아! 어쩌면 내가 도와줄 방법이 있을지도 모르겠다. 아저씨를 위해 내가 할 수 있는 일이. 나는 제법 자랑스러운 표정으로 말했다.

"그럼 아저씨도 아들에게 편지를 쓰시는 게 어때요? 제가 전해줄게요. 아시잖아요, 제가 저승의 우체부인 거."

"아무리 달희 학생이라도 내 편지는 못 전해줄걸?"

그 말에 자존심이 상했다. 잘난 척은 하지 않으려고 했는데 이번만큼은 어쩔 수 없었다.

"이제까지 제가 전해주지 못한 편지는 한 통도 없어요. 며칠 전에는 부산까지 다녀왔는걸요? 처음 가는 동네였지만 수신인에게 정확히 배달을 완료했다고요."

"아니, 못 전해줘."

"제가 이래 봬도 81억 인구 중에 한 명……."

"죽었거든."

일순 허를 찔렸다. 무슨 말을 해야 할지 알 수 없었다. 나는 달싹이던 입술을 다물고 아저씨의 얼굴만 멍하니 바라보았다.

아저씨는 먼 산에 시선을 둔 채 느릿느릿 말을 이었다. 어쩌면 아저씨도 누군가 자신의 이야기를 들어주길 바랐을지도 몰랐다. 가슴 속에 묻어두었던 이야기가 켜켜이 쌓인 먼지를 털고 세상 밖으로 나왔다.

"고등학교 2학년이었나. 정우, 그러니까 내 아들이 가수가 되고 싶다고 하더라고. 평생을 시키면 시키는 대로 군말 없이 따르던 아이가 뭘 하고 싶다고 말한 건 그때가 처음이었어."

"그래서요?"

나도 모르게 주먹을 움켜쥐다가 손가락이 지나치게 차가워 깜짝 놀라고 말았다. 마치 아저씨의 뒷말을 짐작한 것처럼 심장이 불안하게 날뛰었다.

"안 된다고 했어. 그런 건 주머니 속 송곳처럼 재능 있는 사람들이나 하는 거라고, 너처럼 끼도 없고 실력도 없는 평범한 놈이 가수는 무슨 가수냐고 비난했지. 시내에 나가면 너보다 잘난 사람 천지라고, 착실히 공부해서 네 밥벌이나 하라고, 내가 언제까지 네 뒤치다꺼리를 해야 하느냐고 호통을 쳤어. 그 말을 했을 때 아들이 짓던 표정을 아직도 잊을 수가 없어. 오랜 시간이 지났는데도 말이야."

왠지 목이 메었다. 나는 가만히 고개를 끄덕이며 아저씨의 이야기에 귀를 기울였다.

"뒤늦게 아차 싶었지만 아비라는 자존심 때문에 내가 한 말을 물릴 수도 없었지. 그래서 괜히 더 역정을 냈어. 내 아들은 말대꾸도 안 하고 그냥 힘없이 돌아서더군. 그리고 얼마 안 있어서 아들이 죽었어."

그 말에 나는 숨을 멈추고 두 눈을 부릅뜬 채 아저씨를 쳐다보았다. 내 의문을 짐작한 아저씨가 나직하게 한마디를 덧붙였다.

"아파트 옥상에서 떨어져서."

"어······."

아저씨는 내가 무슨 생각을 하는지 다 알고 있다는 듯 덧없는 미소를 지었다.

"경찰은 사고인지 자살인지 모르겠다고 하더군. 자살이라기엔 유서가 없었고, 사고라기엔······ 그 아이가 거기 왜 올라갔는지 아무도 그 이유를 몰랐거든. 늘 잠겨 있는 옥상 문이 그날따라 왜 열려 있었는지도 말이야."

김 씨 아저씨의 시선이 흘러가는 구름에 닿았다. 하지만 아저씨는 아무것도 보고 있지 않았다. 아저씨의 눈동자가 텅 비었다.

"그럴 줄 알았으면 하고 싶은 걸 하라고 밀어줄 걸 그랬지. 가수 그게 뭐라고 내 아들을 그렇게 몰아세웠을까. 남들은 집을 팔아서라도 자식 뒷바라지를 한다는데 나는 화만 내고. 뒤늦게 억장이 무너지더군."

"아저씨……."

"잊고 살았어. 아니, 잊었다고 생각했지. 자꾸 생각하면 뭐해. 내 속만 썩어 문드러지는데. 아니, 사실은 다 거짓말이야. 어떻게 그 일을 잊겠나? 수십 년 동안 한순간도 잊은 적이 없어. 아직도 그날을 똑똑히 기억한다네. 내 아들이 죽은 날, 2009년 5월 11일을."

나는 슬쩍 눈동자만 들어 아저씨의 얼굴을 훔쳐보았다. 아저씨의 미간과 입가에 깊은 주름이 져 있었다. 오래도록 찡그린 표정을 짓고 산 사람처럼 말이다.

"그렇게 저렇게 살다가 죽어서 저승에 왔더니 누가 그런 말을 하더군. 스스로 목숨을 끊은 사람은 재판도 못 받고 지옥에 떨어진다고. 그 말을 들으니까 무섭지, 뭐야. 아들을 죽게 한 나는 분명 지옥에 갈 텐데 거기서 내 아들을 만나면 어쩌나 하고. 그 아이가 거기 있다면 그건 모두 나 때문일 건데. 내가 그때 그런 말만 하지 않았으면 그곳에서 만날 일도 없을 텐데. 그 아이는 나 때문에 십수 년을 끔찍한 고통에 시달리고 있겠구나. 내가 지옥에서 죗값을 치르는 건 별거 아닌데, 내 아들이 힘들어하는 모습을 보는 건…… 그건 지옥보다 무서운 형벌이지."

생각보다 훨씬 무거운 얘기에 듣는 내가 숨이 턱 막히는 듯
했다. 그런데도 김 씨 아저씨는 아무렇지 않게 웃었다. 아주
오랫동안 그때의 일을 곱씹은 사람처럼 단물이 쏙 빠진 건조
한 미소였다. 아저씨에겐 하루와 명지은 아주머니가 둘 다 필
요할지도 모르겠다는 생각이 들었다. 따스한 위로와 너그러운
용서가.

"그러니 편지를 보내도 받을 사람은 없다네. 달희 학생이 지
옥에 있는 망자에게도 편지를 전해줄 수 있는 게 아니라면."

나는 고개를 푹 숙였다. 아저씨는 아들을 만나는 게 무서운
거다. 그래서 이 핑계 저 핑계를 대며 재판을 받지 않고 저승
입구에서 머무는 중이었다. 그리고 나는 81억 명 중에 선택받
은 한 명이지만 지옥에는 갈 수 없었다.

"어서 가봐. 오늘은 오래 있었군."

차마 발이 떨어지지 않았다. 미적미적 걸음을 옮기던 나는
문득 멈춰 서서 아저씨를 돌아보았다.

"내일 또 올게요."

내가 해줄 수 있는 말은 그것뿐이었다.

"그래."

싱긋 웃은 아저씨는 주민센터 문을 열고 들어가며 익숙하
게 "한 주무관!" 하고 소리쳤다. 왠지 그 외침이 쓸쓸하게 들

렸다. 어쩌면 아저씨는 사람의 온기가 그리워 매번 말도 안 되는 핑계를 대며 주민센터를 찾는지도 모르겠다. 수많은 사람을 스쳐 보내며 한 자리에 머물러 있는 아저씨는 어떤 마음일까? 상상이 되지 않았다.

사실 나도 나를 이해할 수 없다. 아저씨와 헤어진 후 왜 곧장 집으로 돌아가지 않고 흙길을 거슬러 가고 있는지. 이 길은 서천을 건넌 망자들이 따라 걷는 길이었다. 미련을 홀홀 털어버린 하루와 명지은 아주머니도 이 길 끝으로 사라졌다.

주민센터가 있는 저승 입구에서 이 흙길을 쭉 따라가면 비로소 저승이 나온다. 나는 저승까지는 한 번도 가본 적이 없다. 그런데 왜 지금 이 낯선 길을 걷는 것일까?

이유는 하나뿐이었다. 김 씨 아저씨의 아들이 재판을 받은후 어디로 갔는지 알아보기 위해서였다. 아저씨의 말처럼 아들이 지옥에 떨어졌는지, 만에 하나라도 좋은 판결을 받았을 가능성은 없는지를 알고 싶었다. 그렇게 해서 마음의 짐을 덜수 있다면 아저씨도 미련 없이 저승으로 갈 수 있을 테니까.

한참을 걷다 보니 커다란 문이 나타났다. 성벽처럼 기다란 담장 가운데 내 키보다 높은 문이 나 있었다. 망자들은 그곳을 아무 거리낌 없이 통과했다.

"안녕?"

이제 막 초등학교에 입학했을 것 같은 어린아이가 문 앞에 서 있었다. 아이에게 손을 흔들자 사탕을 쪽쪽 빨던 아이가 나를 빤히 쳐다보았다.

"언니랑 같이 갈래?"

"응."

나는 아이의 손을 잡고 조곤조곤 이야기를 나누며 성문으로 걸어갔다. 그렇게 문지기를 지나는 찰나였다.

"어이, 잠깐."

피부가 붉고 두 눈이 부리부리한 문지기가 나를 내려다보았다. 문지기는 심장이 쿵 내려앉을 만큼 험악한 인상의 소유자였다. 키가 얼마나 큰지 목을 한껏 뒤로 젖혀야 얼굴이 보일 정도였고, 한 손에는 기다란 창까지 들고 있었다.

'이 얼굴, 어디서 봤더라?'

아! 생각해 보니 엄마를 따라간 절 입구에 서 있던 인왕상과 닮았다. 무시무시한 얼굴과 우렁우렁한 목소리에 어깨가 절로 움츠러들었다.

"예?"

목소리가 삐끗했다. 그게 부끄러워 얼굴이 달아올랐다. 문을 통과하던 망자들이 나를 힐끗거렸다. 시선이 집중되면 집

중될수록 내 얼굴은 점점 더 뜨거워졌다. 아마 모르긴 몰라도 홍당무처럼 새빨갈 거다.

"언니, 아는 사람이야?"

내 손을 잡은 아이가 고개를 갸웃거리며 물었다.

"어, 음."

나는 제대로 된 대답을 하지 못하고 우물쭈물했다. 그러자 문지기가 내게 성큼 다가서며 으름장을 놓았다.

"너는 망자가 아니잖아? 그럼 이 문을 통과하지 못한다."

그러면 그렇지. 얕은 속셈을 들킨 나는 잡고 있던 아이의 손을 놓으며 "먼저 들어가" 하고 인사했다. 머리를 양 갈래로 묶은 아이가 "나중에 봐, 언니!" 하며 손을 흔들었다. 힐끔 문지기의 눈치를 살피던 나는 고개를 꾸벅 숙인 후 꽁지가 빠지게 도망쳤다.

"아, 안녕히 계세요."

*

내 인생은 후회의 연속이었다. 친해지고 싶은 아이에게 먼저 말을 걸어볼걸, 시험공부를 좀 더 열심히 할걸, 엄마에게 짜증 내지 말걸, 그리고 피자 가게 앞에서 하은을 만났을 때

반갑게 인사할걸.

그런데 알고 보니 후회는 나만 하는 게 아니었다. 편지를 배달하며 만난 망자들은 나와 비슷한 후회를 안고 있었다. 좀 더 사랑한다고 말할걸, 가족과 더 많은 시간을 보낼걸, 몇 번 실패했다고 꿈을 포기하지 말걸, 다른 사람의 눈치를 보지 말고 내가 하고 싶은 일을 할걸.

그중에서도 김 씨 아저씨의 후회는 특히 더 크고 짙었다.

"아저씨를 위해 내가 할 수 있는 일이 없을까?"

등교를 마치고 나서도 멍하니 김 씨 아저씨 생각에 잠겨 있는데, 문득 빈자리가 눈에 띄었다.

"지우가 늦네."

성실한 지우라면 이미 학교에 도착했을 시간이었다. 그게 이상해 고개를 갸웃거리자 용케 내 혼잣말을 들은 소현이 몸을 돌리며 맞장구를 쳤다.

"그러게. 늦을 애가 아닌데. 한번 연락해 볼까?"

휴대전화를 꺼낸 소현이 손가락으로 토도독 화면을 두드렸다. 나는 그런 소현의 행동력이 부러웠다. 나 같으면 생각만 하다가 정작 연락은 못 할 텐데 말이다. 주머니에 넣어둔 휴대전화가 지이잉 하고 울리는 걸 보니 소현이 단톡방에 메시지를 남긴 모양이었다.

단톡방에서는 언제 말을 꺼내야 할지 타이밍을 잡는 게 늘 어려웠다. 누가 누구에게 하는 말인지 알 수 없어 헷갈리기도 했다. 다른 아이들이 올리는 글을 보기만 하다가 용기 내어 메시지를 쓰면, 내 말은 강물에 흘러가는 낙엽처럼 주르륵 떠내려가곤 했다. 그래서 언젠가부터 글을 쓰지 않고 읽기만 했다.

지이잉. 휴대전화가 다시 진동했다. 메시지를 확인한 소현은 "어?" 하고 의아한 표정을 지었다.

> 할아버지가 돌아가셔서 학교에 못 가.

나는 잠시 망설이다가 메시지를 보냈다.

> 그랬구나. 넌 괜찮아?

기다렸지만 답장은 돌아오지 않았다. 조금 실망스러웠다. 지우라면 내 말을 무시하지 않을 줄 알았는데. 시무룩한 표정을 눈치챈 것인지 소현이 나를 위로했다.

"할아버지가 돌아가셔서 휴대전화 볼 정신이 없나 봐. 지우가 할아버지랑 친했거든."

"그래?"

처음 듣는 이야기에 두 눈을 살짝 크게 떴다. 어릴 적부터 지우와 알고 지낸 소현이 "응" 하며 말을 이었다.

"지우네 아주머니랑 아저씨가 많이 바쁘셔서 지우는 초등학생 때까진 학교 마치면 곧장 할아버지 댁으로 갔어. 중학생이 되면서는 학원에 다니느라 예전처럼 못 만나는 것 같기는 했지만. 아, 그러고 보니까!"

갑자기 생각났다는 듯 소현이 짝 하고 손뼉을 쳤다. 갑작스러운 소리에 놀란 내가 상체를 뒤로 물렸다.

"할아버지가 병원에 계시다는 얘기는 얼핏 들었는데 결국 돌아가셨구나. 지우가 많이 슬프겠다. 이럴 땐 무슨 말을 해야 좋을지 모르겠네."

그 말에 나는 의외라는 표정을 지었다. 말주변이 좋은 소현이도 무슨 말을 해야 할지 모르는 때가 있다는 게 놀라웠던 탓이다.

'나만 그런 게 아니구나.'

그 사실에 왠지 모르게 안심이 되었다.

때마침 종이 쳤다. 선생님이 들어오자 소현도 다시 앞을 보고 자세를 바로 했다. 나는 슬그머니 고개를 돌렸다. 창밖엔 어느새 벚꽃이 만개했다. 분명 싹이 난 것까지는 봤는데 언제 이렇게 꽃을 피웠는지 모르겠다. 눈처럼 흩날리는 벚꽃 잎을 보며 긴 한숨을 내쉬었다.

'지우는 괜찮을까?'

*

밤이 되어 엘리베이터에 타는 순간, 좋은 생각이 떠올랐다.
문지기를 피해 몰래 저승에 들어갈 방법 말이다.

"될까?"

마른침을 삼킨 나는 '저승 입구'라고 적힌 버튼을 누르는 대
신 키패드에 주소를 입력했다. 자음과 모음을 하나씩 신중하
게 누르자 마침내 한 단어가 완성됐다.

'저승.'

목적지 설정을 마친 뒤 나는 두 손을 꼭 맞잡은 채 잠시 그
대로 기다렸다. 사방이 잠잠했다. 엘리베이터는 움직일 기미
를 보이지 않았다. 잔뜩 긴장했던 나는 참았던 숨을 뱉었다.

"그러면 그렇지."

실망한 기색으로 '저승 입구'의 버튼을 누르려는 찰나, 우우
웅 엘리베이터가 육중한 소리를 내며 움직이기 시작했다. 나
도 모르게 두 눈을 크게 떴다. 엘리베이터 소리에 맞춰 심장이
쿵쿵거렸다.

"설마, 이게 된다고?"

어안이 벙벙한 표정을 짓는 사이 엘리베이터가 멈추고 문이 열렸다. 나는 살며시 고개만 내민 채 주위를 두리번거렸다. 도착한 곳은 천장이 까마득하게 높은 건물 안이었다. 왠지 모를 위압감이 느껴졌다. 건물의 왼쪽에서 나타난 망자들이 일제히 오른쪽으로 걸어가는 모습이 보였다. 아마 왼편은 출입구고 오른편이 재판장으로 가는 길인 듯했다.

누구도 내게 관심을 가지지 않았다. 그 틈을 타 엘리베이터에서 내린 나는 망자들 사이에 슬쩍 섞였다. 망자들을 따라가자 곧 병원 로비처럼 넓은 홀이 나타났다. 한쪽 벽면엔 기다란 데스크가 있고, 그 뒤는 딱딱한 표정의 직원들이 서 있는 곳이었다. 직원들의 머리 위에 있는 전광판에서 차례로 번호가 반짝였다.

"1952년생 전광섭 씨, 7번 재판장으로 가시면 됩니다."

직원의 말에 따라 전광섭이라 불린 아저씨는 화살표를 따라 7번 재판장으로 향했다. 나는 망자들 틈에 섞여 주변 풍경을 유심히 살펴보았다. 저승 입구와 마찬가지로 이곳도 내가 생각한 저승과는 이미지가 사뭇 달랐다. 직원들은 눈코 뜰 새 없이 바빴고, 덕분에 내가 산 사람이라는 사실을 눈치챈 이는 없는 듯했다.

"어디로 가야 하지?"

김 씨 아저씨의 아들에 대한 정보를 알려면 누구를 찾아야 할까? 나는 망자들이 향하는 재판장 쪽을 바라보았다. 아저씨 아들도 재판을 받았다면 기록이 남아 있지 않을까?

그때 재판장 입구 쪽에서 작은 소란이 일었다. 성난 표정의 할아버지가 출입구 쪽으로 쏜살같이 달려갔다. 어디서 그런 힘이 나오나 싶을 만큼 빠른 속도였다. 그와 동시에 불쑥 나타난 경비들이 할아버지의 양팔을 붙들었다.

"이거 놔! 나는 재판 안 받아! 안 받는다고! 감히 누가 나를 재판해! 나는 아직 죽고 싶지 않다고!"

할아버지의 얼굴이 겁에 질렸다. 할아버지는 끝까지 발버둥을 쳤지만 문지기만큼이나 우악스러운 경비병의 손을 빠져나갈 순 없었다.

"으아악! 싫어! 싫다고!"

그 모습을 보던 한 할머니가 끌끌 혀를 찼다.

"살아 있을 때 나쁜 짓을 많이 한 모양이여. 재판 받기 싫어서 도망갈 정도면."

망자들이 할아버지를 힐끔거렸다. 그들의 얼굴에도 한 줌의 두려움이 깃들어 있었다. 살아서 지은 악행이 많을까 선행이 많을까. 자신의 삶을 돌아보는 얼굴들이 꽤 뒤숭숭해 보였다.

넓은 로비에 수많은 망자가 모여 있었지만 말소리 하나 들리지 않았다.

'만약 나라면? 만약 내가 저기서 순서를 기다리고 있다면 나는 가장 먼저 무엇을 후회할까?'

"아."

기다렸다는 듯 한 가지 기억이 떠올랐다. 피자 가게 앞에서 마주친 하은이를 피해 골목 안으로 숨던 내 모습이었다.

나는 아직도 하은이와 연락이 끊긴 이유를 알지 못했다. 내가 무슨 잘못을 했기 때문인지 아니면 다른 중학교에 가게 되었으니 이게 자연스러운 일인지. 만약 내가 용기를 내어 연락한다면 우리는 다시 친해질 수 있을지 궁금했다. 초등학생 때처럼 매일 붙어 다니는 '단짝즈'는 아니라도 서로의 고민을 얘기하고 오늘 무슨 일이 있었는지 수다를 떨 수 있는 사이가 될 수 있을까?

"지금은 딴생각을 할 때가 아니야."

상념을 털어내듯 고개를 저은 나는 두 눈에 잔뜩 힘을 준 채로 주변을 살폈다. 방금 전의 소란 탓인지 경비병은 보이지 않았다. 그 틈에 망자들을 따라 재판장이 있는 쪽으로 걸어갔다.

기다란 복도엔 여러 개의 문이 있었고 방문엔 각각 '제1재판장', '제2재판장'이라는 팻말이 붙어 있었다. 몇 번째 재판장까지 있는 건지 문은 복도 끝까지 이어져 있었다. 나는 좀 더 안쪽으로 걸음을 옮겼다. 살짝 열린 문틈 사이로 흘러나온 재판장의 엄격한 목소리에 나도 모르게 움찔했다.

"망자 백지원은 타인에 대한 험담을 많이 하였으므로 발설 지옥행을 명한다!"

판결이 내려짐과 동시에 누군가 울음을 터뜨렸다. 나는 도 망치듯 그 자리를 벗어났다. 마지막 재판장인 '제12재판장' 옆 에 또 하나의 문이 보였다.

"기록실?"

어쩌면 여기서 재판 결과를 기록하는 건지도 모르겠다. 그 럼 이곳에 김 씨 아저씨 아들의 재판 결과도 있지 않을까? 나 는 미어캣처럼 고개를 쭉 빼고 다시 한번 좌우를 둘러보았다. 여전히 경비병은 보이지 않았고 복도에 서 있는 망자들은 코 앞에 닥친 재판을 걱정하느라 내게 관심이 없었다.

나는 문고리에 살며시 손을 올렸다. 심장이 손에 있는 것처 럼 쿵쾅쿵쾅 펌프질을 시작했다. 천천히 문을 당긴 후 벌어진 틈새로 재빨리 들어갔다.

달칵. 등 뒤에서 문이 닫혔다. 그와 동시에 안도의 한숨이 터져 나왔다. 기록실 안에는 퀴퀴한 냄새가 코를 찔렀다. 먼지 냄새 같기도 하고 곰팡이 냄새 같기도 했다.

천천히 고개를 들자 시야에 빽빽한 책장과 그보다 더 빽빽하게 꽂힌 종이들이 들어왔다. 나는 가장 가까이에 있는 종이 하나를 슬쩍 빼서 휘리릭 파일을 넘겨보았다. 파일에는 이순자라는 할머니의 사진과 태어난 날짜, 죽은 날짜, 그리고 살아서 행했던 착한 일과 나쁜 일들이 빠짐없이 기록되어 있었다. 그리고 마지막 장에는 재판 결과 환생으로 결정 났다는 도장이 찍혀 있었다.

"와, 여기서 어떻게 김 씨 아저씨 아들의 기록을 찾지?"

나는 이순자 할머니의 기록을 다시 책장에 꽂으며 고개를 절레절레 저었다. 그러다 책장에 붙은 작은 종잇조각을 발견했다.

"2024년 7월? 아!"

그제야 기록이 재판 날짜별로 꽂혀 있다는 걸 알아차렸다.

"그런데 김 씨 아저씨 아들이 언제 죽었는지 어떻게 알아?"

끙끙거리며 머리를 싸매던 중 잊고 있던 기억 하나가 수면 위로 불쑥 떠올랐다. 당시에는 무심코 흘려들었던 이야기가 때마침 뇌리를 스치고 지나갔다.

"고등학생 2학년이었나. 정우, 그러니까 내 아들이 가수가 되고 싶다고 하더라고. 평생을 시키면 시키는 대로 군말 없이 따르던 아이가 뭘 하고 싶다고 말한 건 그때가 처음이었어."

"아직도 그날을 똑똑히 기억한다네. 내 아들이 죽은 날, 2009년 5월 11일을."

"김정우. 2009년 5월 11일."

김 씨 아저씨 아들의 이름과 죽은 날짜를 기억해 낸 나는 2009년이라고 적힌 책장을 찾기 시작했다. 책장 사이에 난 좁은 길을 따라 하염없이 거슬러 갔다.

"2011, 2010. 여기 있다, 2009년."

생각하는 대로 일이 술술 풀리자 심장이 더 빠르게 뛰었다. 마치 온 세상이 나를 도와주는 것 같았다. 뭘 해도 성공할 것 같은 기분이랄까. 이것도 내가 선택받은 존재라 그런 것일까?

2009년 책장에도 손가락 하나 들어갈 틈 없이 서류가 빽빽하게 꽂혀 있었다. 그것들 역시 날짜순으로 정리되어 있었기에 그중에서 5월 11일을 찾는 건 그리 어렵지 않았다. 나는 11일에 해당하는 서류를 하나씩 꺼내 보았다.

"여기 있다! 김정우!"

나도 모르게 소리를 지르려던 걸 멈추고 꿀꺽 마른침을 삼켰다. 이제는 심장이 귓속에서 뛰는 것처럼 쿵쿵 큰 소리로 울렸다. 나는 살면서 단 한 번도 일탈을 해본 적이 없었다. 좋게 말하면 어른들 말을 잘 듣는 얌전한 아이였고 나쁘게 말하면 시키는 대로 하는 수동적인 아이였다.

그런 내가 처음으로 일탈을 저지르는 중이었다. 하면 안 된다는 사실을 알면서도 하는 것. 그러나 망설임은 없었다. 김 씨 아저씨의 쓸쓸한 얼굴을 보고도 두 손 놓고 가만히 있을 수는 없었기 때문이다. 무슨 짓을 해서라도 아저씨를 도와주고 싶었다. 예전의 나라면 생각지도 못했을 일이지만 지금은 아니다.

나는 조심스럽게 서류를 꺼냈다. 다른 사람과 마찬가지로 앞장엔 사진과 함께 살아온 생전의 이력이 적혀 있었다. 정우 오빠가 한 착한 행동과 나쁜 행동이 몇 장의 종이를 채웠다. 그리고 가장 마지막 장에 재판 기록이 적혀 있었다.

"어? 이건……."

재판 기록을 본 나는 나도 모르게 얼빠진 표정을 짓고 말았다. 눈앞에 적힌 글을 믿을 수 없어 몇 번이고 반복해서 읽었다. 하지만 기록 내용은 변하지 않았다. 떨리는 마음을 숨기려 숨을 크게 들이쉬었다.

"이럴 게 아니라 당장 아저씨에게 알려줘야겠어."

서류에서 마지막 장을 빼 주머니에 넣었다. 그리고 파일을 다시 책장에 꽂는 순간이었다.

"여기서 뭐 하는 짓이냐!"

"꺄악!"

우렁우렁한 목소리가 방 안을 뒤흔들었다. 기분 탓인지 책
장까지 흔들리는 듯했다. 들고 있던 서류도 떨어뜨렸다. 하얗
게 질린 얼굴로 돌아보자 험상궂은 문지기가 나를 쳐다보고
있었다.

"산 사람이 내 눈을 피해 저승을 어지럽히고 돌아다니다니!
쥐새끼처럼 이곳에 숨어들어서 뭘 하고 있었던 거냐!"

머릿속이 텅 비었다. 다리가 후들거렸다. 뭐라고 변명을 해
야 하는데 너무 무서워서 입이 떨어지지 않았다. 내가 꽁꽁 얼
어 있는 사이 문지기의 표정은 더욱 포악해졌다.

"어이!"

문지기가 크게 소리쳐 부르자 아까 그 경비병들이 들이닥쳤
다. 문지기가 턱짓으로 명령했다.

"끌어내!"

경비병들이 나를 향해 성큼성큼 다가왔다. 그때까지도 나는
두 손을 늘어뜨린 채 멍하니 서 있었다. 경비병들이 내 팔을
잡고서야 퍼뜩 정신이 들었다.

"그게 아니라!"

"뭐 하나? 얼른 끌어내지 않고!"

"예, 대장님!"

나는 좀 전의 할아버지가 그랬던 것처럼 경비병들에게 양팔

이 붙잡힌 채 질질 끌려갔다. 복도로 나가자 망자들이 나를 힐 끗거리며 쳐다보았다. 경비병들은 나를 저승 문밖으로 털썩 내던졌다.

"아야."

바닥에 부딪힌 엉덩이가 욱신거렸다. 나는 얼굴을 찌푸리며 등허리를 문질렀다. 그래도 다행히 김 씨 아저씨 아들의 재판 기록을 주머니에 몰래 챙긴 건 들키지 않았다. 이만하면 성공 아닐까? 천천히 자리에서 일어나 옷에 묻은 흙을 툭툭 털던 그때였다.

"배달희 씨."

익숙한 목소리가 들렸다. 고개를 들어보니 차사가 몇 걸음 떨어진 곳에서 나를 내려다보고 있었다.

"안녕하세요, 차……."

"도대체 무슨 짓을 저지른 겁니까?"

내 말을 싹둑 자른 차사가 성가신 표정을 지었다. 상황을 설 명하기 위해 다시 입을 열려 했지만, 이번에도 차사가 좀 더 빨랐다.

"그보다 미안하게 되었습니다."

문득 불길한 예감이 들었다. 나는 창백한 그의 얼굴을 쳐다 보다가 조심스럽게 물었다.

"뭐가요?"

차사는 긴 한숨을 내쉬며 흘러내린 안경을 밀어 올렸다. 그의 목소리가 사무적인 빛을 띠었다.

"착오가 있었습니다."

"무슨 착오요?"

"제가 원래 이런 실수를 저지르는 사람이 아닌데, 요즘엔 정신없이 바쁘다 보니 죄송하게 되었습니다. 저승의 우체부로 선택받은 사람은 서울에 사는 배달희 씨가 아니라 강릉에 사는 배달희 씨였습니다. 동명이인이라 착각하는 바람에 아무 상관없는 배달희 씨를 우체부로 점지하고 말았습니다."

"그게 무슨 말이에요?"

그러니까 애초에 저승의 우체부로 내정된 사람이 내가 아니라 강릉에 사는 배달희였다고? 나와 이름이 똑같은 누군가? 나는 믿을 수 없다는 듯 일그러진 눈으로 차사를 쳐다보았다. 차사가 면목 없다는 표정으로 고개를 끄덕였다.

'아.'

그 끄덕임의 의미를 깨닫는 순간, 깊은 실망감이 파도처럼 나를 덮쳤다. 다 들었으면서도 그 말을 믿고 싶지 않았다. 나는 절박한 목소리로 다그치듯이 물었다.

"그렇다면 제가 선택받은 사람이 아니라는 건가요? 전혀 특

별한 사람이 아니라고요? 81억 인구 중에 한 명이 제가 아니
란 얘기예요?"

"미안하게 됐습니다."

차사가 어깨를 으쓱였다. 그 행동이 마치 내가 81억 명 중
단 한 명이 아니라 81억 명에 속하는 사람이라고 선언하는 듯
했다.

'아아, 어쩐지.'

나는 시선을 떨어뜨린 채 내 발치를 내려다보았다. 흙이 묻
은 신발이 반쯤 벗겨져 있었다. 교복도 엉망진창이었다. 그래,
내가 특별한 존재라는 얘기가 처음부터 말이 안 된다고 생각
했다. 나처럼 평범한 사람이 무슨 특별한 존재.

모르긴 몰라도 강릉에 사는 배달희는 나와 다를 거다. 지우
처럼 뭐든 잘하고, 성격도 좋으며, 사람들의 관심을 한 몸에
받는 주인공일 거다. 편지를 배달하면서 긴장하지도 않을 것
이고, 처음 만나는 사람과도 아주 쉽게 대화를 나눌 것이다.
그리고 슬퍼하는 사람을 능숙하게 위로하겠지. 무슨 말을 건
네야 할지 몰라 전전긍긍하는 일 따위는 없을 거다.

금방이라도 울음이 터질 것 같아 서둘러 입술을 깨물었다.
애초에 아무런 기대도 하지 않으면 어떤 실망도 하지 않는다.
그러나 차사는 내가 나 자신을 특별하다고 여기게 만들었다.

아니라고 그렇게 말할 때는 귓등으로도 안 들어놓고 이제 내가 특별한 존재라고 믿을 만하니까 실수였다니. 마치 입안에 있던 사탕을 빼앗긴 것처럼 서러워 눈앞이 뿌옇게 흐려졌다.

그때 차사가 난감한 목소리로 말했다.

"카드 키를 돌려주십시오."

그 말이 당장 이곳에서 사라지라는 뜻으로 들렸다. 나는 차사를 노려보며 주섬주섬 주머니 속에서 카드 키를 꺼냈다.

"음……?"

차사는 카드를 꽉 쥐고 놓지 않는 나를 보며 의아한 표정을 지었다.

"돌려주십시오, 배달희 씨. 이건 더 이상 배달희 씨의 카드가 아닙니다."

그 한마디에 손에서 힘이 풀렸다. 카드는 맥없이 차사에게로 넘어갔다. 곧이어 차사가 허공에 카드를 가져다 대자 아무것도 없던 공간에 엘리베이터가 나타났다.

"타십시오."

저 엘리베이터에 타면 이젠 두 번 다시 저승에 오지 못하리란 사실을 눈치챘다. 당연한 일이었다. 나는 전혀 특별한 존재가 아니었으니까.

그러나 가지 않을 수도 없는 노릇이었다. 나는 울지 않으려고 눈에 잔뜩 힘을 주며 타박타박 힘 빠진 걸음을 옮겼다.

"안녕히 가십시오."

차사가 인사를 했지만 대꾸할 기운이 없었다. 이내 문이 닫히고 엘리베이터가 움직이기 시작했다.

그제야 발밑에 동그란 점이 뚝뚝 찍혔다. 아슬아슬하게 맺혀 있던 눈물이 기어이 바닥으로 떨어졌다. 참았던 흐느낌이 새어 나왔다. 매정한 엘리베이터는 빠르게도 나를 방에 데려다주었다. 나는 침대에 몸을 던지고 울음을 터뜨렸다. 울음소리가 베개 솜에 묻혀 둔하게 들렸다.

그제야 내가 생각보다 훨씬 실망했다는 사실을 깨달았다. 우체부 일을 하는 동안 내가 주인공이 되었다고 단단히 착각했던 모양이다. 하지만 나는 여전히 조연이었다. 조금도 특별하지 않은.

"달희야, 얼굴이 왜 그래?"

소현이 나를 보며 경악한 표정을 지었다. 사람 얼굴을 보고 저렇게 놀라다니. 제법 무례한 행동이었지만 아침에 일어나 거울을 봤을 때 나도 소현이와 똑같은 표정을 지었으니 할 말은 없었다.

"누구한테 맞았어?"

"아니."

"그런데 눈이 왜 그렇게 부었어?"

잠시 망설이던 나는 "알러지 때문에"라고 거짓말을 했다. 솔직히 얘기했다간 왜 울었냐는 질문이 날아올 텐데 거기에 무슨 대답을 해야 할지 알 수 없었기 때문이다.

'내가 더는 특별하지 않아서 슬펐다고? 언제는 특별했던 적이 있었냐고 되물으면 뭐라고 할 건데?'

그런 생각을 하는 사이 소현은 순순히 고개를 끄덕였다.

"나도 땅콩 알러지가 있어. 땅콩을 먹기만 하면 입안이 따끔해서 민트처럼 화한 맛으로 먹는 건 줄 알았는데 사실은 알러지였대. 엄마가 나보고 넌 어떻게 된 애가 그렇게 둔할 수 있냐면서 잔소리하더라."

그렇게 말하며 소현이 익살맞은 표정을 지었다. 나는 분위기를 망치지 않으려고 억지로 입꼬리를 당겼다. 다행히 소현은 내 거짓말을 눈치채지 못한 모양이었다. 지우 자리를 돌아본 소현이 한숨을 푹 내쉬었다.

"지우는 오늘도 결석인가 보네."

"그러게."

곧 수업이 시작할 텐데 지우의 자리는 여전히 텅 비어 있었다. 전화를 해봐도 될까? 할아버지가 돌아가셔서 슬플 텐데 내가 귀찮게 하는 건 아닐까? 물론 이렇게 고민만 하다가 결국은 또 전화를 못 할 게 뻔했다. 이제까지 그랬던 것처럼 말이다.

"어제 지우한테 전화했었는데."

소현의 말에 귀가 번쩍 뜨였다.

"뭐래? 괜찮대?"

내 물음에 소현은 어깨를 으쓱였다. 무슨 뜻이냐고 묻자 소현이 설명을 덧붙였다.

"전화를 안 받더라고. 그래서 더 걱정되는 거 있지? 지우가 전화 안 받을 애는 아니잖아. 학원에 있느라고 못 받으면 마치고 꼭 메시지를 남기는데, 어젠 메시지도 안 보냈더라고."

"어떤 마음일지 상상도 안 가."

"나도. 난 아직 할머니 할아버지가 다 살아계시거든."

"응."

천천히 고개를 끄덕였다. 소중한 사람을 잃는다는 건 어떤 기분일까? 세희 언니가 더 이상 하루를 못 보는 것처럼, 민재가 더 이상 엄마를 못 만나게 된 것처럼 만약 내게도 그런 일이 벌어진다면?

"슬프겠지."

이럴 때 내가 저승의 우체부였다면 지우에게 할아버지의 편지를 전해줄 수 있을 텐데. 특별하지 않은 나는 지우를 위해 할 수 있는 일이 아무것도 없었다. 내가 정말 선택받은 존재였다면 좋았을 텐데.

"좋은 아침이다."

"안녕하세요, 쌤."

선생님의 등장과 함께 소란스럽던 교실은 금세 조용해졌다. 반쯤 열린 창문에서 바람이 불었다. 그때마다 엷은 커튼이 흔들리며 시야를 가렸다. 며칠 전까지 만개했던 벚꽃은 작은 바람에도 속절없이 떨어졌다. 이파리만 남은 볼품없는 나무가 마치 나를 보는 것 같았다. 찰나의 반짝임이 지나고 더는 특별하지 않은 그 모습이.

*

다음 날 나는 교실로 들어서다 말고 멈칫했다. 비어 있을 거라 생각했던 자리에 지우가 앉아 있었기 때문이다.

"지우야."

나는 얼른 지우 책상으로 다가갔다. 다른 아이들과 인사를 나누던 지우가 나를 보고 방긋 웃었다. 며칠 사이 살이 빠진 것 같아 마음이 안 좋았다.

"괜찮……아?"

조심스러운 물음에 지우는 "응? 뭐가?" 하고 되물었다. 평소와 다름없는 상냥한 미소와 친절한 태도는 그 이상 묻지 말라고 벽을 치는 듯했다. 나도 모르게 움찔했다. 상대가 원하지 않을 땐 어떻게 위로를 건네야 하는지 알지 못하는 탓이었다.

고민이 길어지기도 전에 이제 막 등교한 아이들이 지우를 향해 반가운 인사를 던졌다.

"어? 지우야, 왔어?"

"너 없다고 쌤들이 수업 시간마다 지우 어디 갔냐고 물어보시더라."

"오오, 역시 선생님들의 아이돌."

아이들에게 떠밀린 나는 별수 없이 내 자리로 걸어갔다. 하긴 내가 지금 지우 걱정을 할 때가 아니긴 하다. 내가 뭐라고 지우를 위로한단 말인가. 나는 여전히 특별할 것 없는 평범한 조연에 불과한데. 게다가 내가 아니라도 지우를 걱정하는 애들이 저렇게나 많은데 말이다.

"재미없어."

혼잣말을 중얼거리던 나는 그것이 아주 오랜만에 하는 생각이란 걸 떠올리곤 또다시 입매를 찡그리고 말았다.

"지우야, 소현아. 집에 가는 길에 햄버거 먹을래?"

내가 누군가에게 먼저 무언가를 하자고 권하는 건 아주 드문 일이었다. 젖 먹던 용기까지 끌어내야 할 정도로 대단한 일이기도 했다. 그래도 옛날만큼 심장이 두근거리지 않는 걸 보면 나도 조금쯤은 성장한 모양이었다. 저승의 우체부 생활이

펵 쓸모없는 일만은 아니었나 보다.

그때 지우가 미안한 표정을 지으며 나를 보았다.

"미안해. 오늘은 학원에 가야 해. 며칠 못 갔더니 숙제도 밀려 있어서 할 일이 많아. 게다가 몇 주 뒤에 콩쿠르가 있어서 피아노 연습도 해야 하고."

"그렇구나. 바쁜데 괜한 얘기를 해서 미안해."

나는 지우가 더 이상 미안해하지 않도록 애써 아무렇지 않은 표정을 지었다. 옆에 있던 소현도 "아, 미안해서 어쩌지. 나는 작년에 같은 반이었던 애들이랑 약속이 있는데" 하며 머리를 긁적였다.

"진짜 괜찮아. 다음에 가면 되지."

"그래도 달희가 먼저 햄버거 먹자고 한 건 처음인데 약속 취소할까?"

소현이 정말로 약속을 취소할 기세로 휴대전화를 꺼냈다. 나는 얼른 소현의 가방을 잡으며 고개를 저었다.

"그러지 마. 그렇게 먹고 싶은 것도 아니었어."

"그래? 그럼 다음 주에 꼭 가자. 지우 너도 다음 주엔 시간 비워놔."

"알았어."

나는 교문 앞에서 두 사람에게 작별 인사를 건넨 뒤 곧장 집으로 향했다. 온종일 무기력했다. 엄마 잔소리도 한 귀로 듣고 한 귀로 흘렸다. 순식간에 밤이 되었지만 잠은 오지 않았다. 자정이 되었는데도 두 눈은 말똥말똥했다. 늘 이 시간이면 엘리베이터를 타고 저승으로 갔는데.

"이제는 그럴 필요가 없네."

나는 새까만 천장을 보며 구시렁거렸다. 문득 지우의 얼굴이 떠올랐다. 겉으론 웃고 있지만 내 눈엔 어쩐지 우는 것처럼 보이던 얼굴. 나는 그 얼굴을 알고 있었다. 이승에 미련이 남은 망자가 편지를 쓰던 얼굴이 딱 지우 같았다.

"지우에게 미련이라니. 말도 안 돼."

지우라면 후회스러운 행동은 하지 않을 것이다. 후회라는 말은 지우보다 내게 더 어울렸다.

"내가 뭐 대단한 사람이라도 되는 것처럼 설쳐선. 으악, 햄버거 먹으러 가자는 말을 하지 말 걸 그랬어. 할아버지가 돌아가셨는데 햄버거를 먹고 싶은 기분이겠냐고. 생각이란 걸 좀 해라."

나는 이불을 덮어쓴 채 발을 팡팡 찼다. 거절당했을 때의 기분이 떠올라 뒤늦게 얼굴이 화끈거렸다.

"배달희 씨."

그런데 그때 낯선 목소리가 들렸다. 아니, 낯선 목소리가 아니다. 천천히 이불을 걷자 어두컴컴한 방안에 그보다 더 짙은 그림자가 보였다.

"차사……?"

창문 너머의 달빛이 어스름하게 차사의 얼굴을 비추었다. 차사가 굳은 표정으로 나를 내려다보고 있었다. 나는 이불을 젖히고 벌떡 일어났다. 왠지 그래야 할 것처럼 심각한 분위기였다. 두 번 다시 볼 일이 없을 거라 생각했던 차사가 왜 또 나를 찾아왔을까?

'혹시?'

작은 기대가 삐죽 고개를 내밀었다. 역시 내가 선택받은 우체부였던 것일까? 그래서 차사가 사과를 하러 온 것일까? 긴장한 표정으로 마른침을 삼키는데, 차사가 엄격한 목소리로 말했다.

"배달희 씨."

"예."

"재판 기록실에서 서류를 반출했습니까?"

"예?"

생각지도 못한 말에 내 두 눈이 동그랗게 커졌다. 차사는 성가신 표정으로 한숨을 내쉬었다. 흘러내린 안경을 밀어 올린 차사가 한층 매서운 눈으로 나를 응시했다.

"재판 기록실에서 김정우 씨의 기록 일부가 사라졌습니다. 배달희 양이 가져간 거라면 돌려주십시오. 그 일 때문에 제 입장이 꽤 난처합니다."

맞다! 한꺼번에 너무 많은 일이 벌어져 재판 기록을 빼 왔다는 사실조차 까맣게 잊고 있었다. 내가 그걸 어디에 뒀더라? 아직도 교복 주머니에 있으려나?

"죄송……."

사과를 하려던 나는 천천히 입을 다물었다. 그러고는 차사의 얼굴을 빤히 쳐다보았다.

나는 김 씨 아저씨를 도와주고 싶지만 더는 그럴 수 없게 되었다. 내가 강릉에 사는 배달희가 아니기 때문이다. 하지만 어쩌면 내게 마지막 기회가 남아 있을지도 모르겠다.

차사가 미간에 주름을 새긴 채 손을 내밀었다.

"얼른 돌려주십시오."

내가 아무 말도 하지 않자 차사의 태도는 좀 더 단호해졌다.

"배달희 씨가 가져간 걸 알고 있습니다. 이제 와서 발뺌할 생각은 하지 마십시오."

"발뺌하려는 게 아니에요."

"그럼?"

"돌려주는 대신 조건이 있어요."

내가 말해놓고서 차사보다 더 깜짝 놀란 표정을 지었다. 내게 어디서 이런 용기가 생겼는지 모르겠다.

"조건?"

차사는 두 눈을 가늘게 뜨며 나를 쏘아보았다. 심장이 쿵쾅쿵쾅 뛰었지만 나는 애써 침착한 표정으로 고개를 끄덕였다.

"생각해 보세요. 저는 차사님의 실수 때문에 우체부 일을 했어요. 잠도 못 자고 대한민국 곳곳을 돌아다녔죠. 게다가 그에 대한 어떤 보상도 받지 못했어요."

찔리는 게 있는지 차사가 슬그머니 시선을 피했다. 그러고는 이내 체념한 눈으로 나를 바라보았다.

"조건이라니 그게 뭡니까? 들어나 봅시다."

"딱 한 번만 더 제가 저승에 갈 수 있도록 해주세요. 그럼 서류를 돌려드릴게요."

"저승으로 보내달라고요?"

"예."

잠깐 고민하는 듯하던 차사는 신중한 눈빛으로 대답했다.

"이번 사건엔 내 책임도 있으니, 알겠습니다. 그 조건을 받아들이죠."

그리고 주머니에서 카드 키를 꺼내 내게 건넸다. 나는 두 손으로 그걸 받아 들고서 물끄러미 쳐다보았다. 황금색 카드 키는 마치 내가 특별한 존재라는 증거 같았다. 이제 내 것은 아니지만.

"기한은 오늘 밤뿐입니다. 내일 카드 키를 받으러 다시 오겠습니다. 그때 서류와 함께 카드 키를 돌려줘야 합니다."

"예."

"만약 약속을 지키지 않는다면 저승의 법률에 따라 무서운 대가를 치러야 할 겁니다."

"예."

나는 자못 비장한 표정으로 고개를 끄덕였다. 그 사이 차사는 이미 사라지고 없었다. 카드 키를 허공에 가져다 대자 이내 엘리베이터의 문이 열렸다. 스스로 쟁취한 마지막 기회였다. 이 기회를 헛되이 사용하고 싶지 않았다. 나는 그 어느 때보다 씩씩하게 걸음을 내디뎠다.

*

저승의 풍경은 여전했다. 그런데도 나에게는 아주 오랜만에 방문하는 것처럼 낯설게 느껴졌다. 엘리베이터에서 내린 나는 전처럼 우체통을 여는 대신 평상이 있는 느티나무 쪽으로 걸어갔다. 차사를 협박하면서까지 여기에 찾아온 이유는 단 하나였다.

"여어, 달희 학생. 오랜만이네."

아, 깜짝이야! 갑자기 등 뒤에서 날아온 목소리에 발랑거리는 심장을 부여잡으며 고개를 돌렸다. 김 씨 아저씨가 한 손을 휘휘 저으며 내 쪽으로 걸어오고 있었다.

"안녕하세요?"

"내일 또 오겠다더니, 그 뒤로 영 안 보여서 무슨 일이 있나 했어."

내 얼굴을 유심히 살피던 아저씨가 안도의 한숨을 내쉬었다. 내가 오지 않아 걱정이 많았던 모양이다.

"그게 아니라 실은…… 더 이상 우체부 일을 못 하게 되었어요."

"뭐? 왜?"

대답할 말이 마땅치 않았다. 나는 뒷말을 우물거리며 화제를 바꾸었다.

"아, 그보다 이것 좀 읽어보세요."

"이게 뭔데?"

가방에서 꺼낸 서류를 건네받으며 아저씨가 시큰둥하게 물었다. "나는 글자라면 딱 질색이라서 말이야" 하고 투덜거리는 목소리가 무관심했다.

꿀꺽. 나는 마른침을 삼킨 후 주위를 둘러보았다. 경비병은 없었다. 그래도 혹시 몰라 목소리를 낮추었다.

"아저씨 아들, 김정우 씨의 재판 기록이에요."

"뭐?"

내 말에 방금까지 심드렁하던 김 씨 아저씨의 얼굴이 극적으로 변했다. 눈썹은 이마 위로 올라갔고, 광대뼈가 살짝 도드라졌으며, 입이 반쯤 벌어졌다.

"몰래 들고 나온 걸 들켜서 다시 돌려줘야 하지만 그 전에 아저씨한테 보여드리고 싶었어요."

아저씨는 내 손에 들린 종이를 뚫어지게 노려보았다. 아저씨의 눈동자에 복잡한 감정이 스치고 지나갔다. 그 감정의 이름을 모두 알 수는 없었지만 아저씨의 입매가 고통스러운 빛을 띠는 건 눈치챘다. 아저씨는 끝내 고개를 저었다.

"아니, 안 봐. 나는 안 볼 거야, 달희 학생."

고집스럽게 고개를 흔드는 얼굴이 마치 겁에 질린 어린아이 같았다.

'어른도 무서움을 느끼는구나. 두려움은 나처럼 어리고 서툰 사람만 느끼는 감정인 줄 알았는데.'

부는 바람에 종이가 흔들리자 아저씨의 시선도 팔랑거리는 서류에 닿았다. 하지만 아저씨는 애써 서류를 외면하듯 반대로 고개를 돌렸다.

이게 마지막 기회였다. 내일이 되면 나는 두 번 다시 저승에 오지 못할 테고, 김 씨 아저씨도 만나지 못할 터였다. 나는 좀 더 절박한 목소리로 애원했다.

"아저씨가 꼭 보셔야 해요."

"아니, 안 본다니까 그러네! 내가 이걸 봐서 뭐 해? 내 아들이 어느 지옥에 갔는지 알아서 뭐 하게? 나도 그 지옥으로 보내달라고 읍소라도 하라고?"

"그게 아니라……."

아저씨의 윽박에 울음이 터지려고 해서 입술을 꾹 깨물었다. 내 마음을 몰라주는 아저씨의 모습에 속이 상했다. 내가 이걸 구하기 위해 무슨 짓까지 했는데. 문지기 눈을 피해 저승에 숨어들었다. 기록실에 몰래 들어가 평생 하지도 않던 도둑질까지 했다. 하지만 내 진심은 아저씨에게 닿지 않았다.

이제라도 집으로 돌아가고 싶었다. 그냥 다 잊고 침대에 누워 잠들고 싶었다.

'아니야. 지금이 아니면 안 돼.'

나는 일이 내 뜻대로 되지 않으면 모른 척하고 도망가기 일쑤였다. 그게 훨씬 편했다. 힘든 시간을 견딜 필요도 없고 불편한 순간을 맞닥뜨리지 않아도 되니까. 하지만 여기서 도망친다면 오늘의 기억이 평생 나를 따라다닐 거라는 사실을 이제는 알고 있다. 피자 가게 앞에서 하루를 외면했던 것처럼 혹은 하은을 보고도 골목 안으로 숨어버렸던 것처럼. 나는 오늘의 기억을 후회하면서 스스로를 부끄럽게 여길 것이다.

'그리고 아저씨도 오늘을 후회할 거야.'

그래서 용기를 냈다. 아저씨의 입에서 "네가 무슨 상관이냐!"라는 말이 나올까 무서웠지만, 나와 아저씨를 위해 마음을 단단히 먹었다. 두 번 다시는 후회를 남기고 싶지 않았다.

"보셔야 해요."

"몇 번을 말해도 내 대답은 똑같아. 안 봐."

"아저씨는 정우 오빠의 아빠잖아요."

그 순간 고집스럽게 찌푸리던 아저씨의 표정에서 서서히 감정이 사라졌다. 나도 모르게 아저씨를 향해 한발 다가섰다.

"정우 오빠가 어떻게 되었는지 알아야 할 사람이 있다면 그건 아저씨예요. 언제까지 저승 입구에 머물 수만은 없어요. 한 주무관님을 찾아가 시비를 거는 것도 외로워서라는 걸 알고 있어요. 서천을 건넌 망자들은 모두 재판장으로 가는데 아저씨만 늘 같은 자리에 머물러 있으니까요. 아저씨도 이젠 다음 단계로 나아가셔야죠."

"누가 외롭다고……."

아저씨는 정곡이 찔린 사람처럼 말을 더듬었다. 그러곤 두 눈을 질끈 감았다. 무표정했던 아저씨의 얼굴에 수많은 감정이 스치고 지나갔다. 후회와 자책, 두려움과 미련, 체념과 절망, 그런 것들이.

한참 만에야 아저씨는 눈을 감은 채로 손을 내밀었다.

"이리 줘."

그제야 나는 안도의 한숨을 내쉬며 환하게 웃었다. 그리고 아저씨의 손에 서류를 쥐여주었다.

"잘 생각하셨어요."

아저씨의 손이 바들바들 떨리는 바람에 덩달아 종이도 팔랑팔랑 흔들렸다. 나는 조용히 입꼬리를 당기며 아저씨를 응시했다.

아저씨는 긴 한숨을 내쉰 뒤 천천히 눈을 떴다. 입술을 팽팽하게 당긴 아저씨는 철천지원수라도 되는 것처럼 서류를 사납게 노려보았다. 흔들리는 눈동자는 먹먹한 두려움과 슬픔을 품고 있었다. 하지만 아저씨는 더 이상 도망가지 않고 아들의 재판 결과를 직면하기로 결심한 듯했다. 아저씨의 눈동자가 서류의 위에서 아래로 이동했다.

"아……!"

잠시 후 아저씨가 잇새에서 나직한 탄성이 터졌다. 더는 커질 수 없을 것 같던 눈동자가 한계까지 벌어졌다. 꾹 다물고 있던 입이 벌어지고, 힘이 들어간 볼이 씰룩거렸다. 그리고 그 끝에 기어이 울음소리가 새어 나왔다.

나는 그 눈물의 이유를 알고 있었다. 김 씨 아저씨의 아들은 스스로 목숨을 끊은 게 아니었다. 옥상에서 노래 연습을 하던 정우 오빠는 바람에 날아간 악보를 붙잡으려고 난간 너머로 손을 뻗었다. 그리고 운 나쁘게도 균형을 잃고 그대로 추락하고 말았다.

재판 결과 김정우 씨는 환생을 선택했고 지금쯤 과거의 기억을 모두 잃은 채 새로운 삶을 살고 있을 것이다. 아저씨의 아들은 여전히 음악을 좋아할까? 가수가 되고 싶다는 꿈을 꾸고 있을까? 어디에서 누구의 아이로 태어났을까?

끄윽, 끅. 무릎을 꿇은 아저씨가 서류를 품에 안고 고개를 파묻었다. 아저씨는 어린아이처럼 대성통곡을 했다. 나는 그 모습을 못 본 척하며 반대편으로 고개를 돌렸다. 눈물이 핑 돌았다.

문득 용기 내길 잘했다는 생각이 들었다. 몰래 기록실에 들어가 서류를 훔친 건 전혀 나답지 않은 행동이었지만, 아주 오랜 시간이 지나도 그날의 일을 후회하진 않을 것이다.

"고맙네, 달회 학생."

김 씨 아저씨가 젖은 눈으로 나를 올려다보았다. 그러곤 아이처럼 엉엉 운 게 민망한지 슬쩍 내 시선을 피했다.

"다시 돌려줘야 한다고?"

아저씨는 소중하게 끌어안고 있던 서류를 마지못해 내게 건넸다. 나는 그걸 받아 가방에 잘 챙겨 넣었다. 서류가 잔뜩 구겨졌지만 이 정도는 차사도 용서해 주겠지.

아저씨가 무릎을 툭툭 털며 자리에서 일어났다. 생각에 잠긴 눈동자는 한동안 바닥만 내려다보았다.

"너무 늦었지만 나도 저승으로 가야겠군. 지옥에 떨어진다 해도 내 아들을 만날 일은 없으니 마음 편하게 재판을 받을 수 있겠어."

"아저씨……."

"고마워, 달희 학생. 달희 학생이 아니었다면 언제까지고 앞으로 나아가지 못했을 거야. 다시 보잔 말은 못 하겠고, 그럼 수고해."

그 말을 끝으로 아저씨는 저승을 향해 뚜벅뚜벅 걸어갔다. 나는 아저씨의 뒷모습이 사라질 때까지 그 자리에 우두커니 서 있었다. 마치 아저씨를 배웅하듯이 말이다. 더는 아저씨의 모습이 보이지 않을 때가 돼서야 참았던 한숨이 터져 나왔다.

"끝났다."

혼잣말을 중얼거리며 등을 돌리던 그때였다.

"이보시오."

누군가 말을 걸었다. 고개를 돌리자 깡마른 할아버지 한 분이 나를 쳐다보고 있었다.

"길 좀 물읍시다. 내가 저승은 처음이라."

농담이었다는 듯 빙그레 미소를 머금은 할아버지는 "사공에게 들으니 재판을 받아야 한다던데. 재판장이 어디요?" 하고 물었다. 나는 손가락을 들어 방금 김 씨 아저씨가 걸어간 길을 가리켰다.

"저쪽이에요. 이 길을 따라 쭉 가시면 돼요."

"고맙소."

할아버지는 고개를 끄덕인 뒤 한 발을 내디뎠다. 그러나 나는 할아버지에게서 눈을 떼지 못했다. 어쩐지 할아버지의 얼굴이 무척 익숙하게 느껴진 탓이었다.

'내가 저 할아버지를 본 적이 있나? 아닌데, 분명 본 적 없는 얼굴인데. 그런데 왜 이렇게 낯이 익지?'

그 순간 어떤 가능성 하나가 내 머릿속을 번개처럼 스치고 지나갔다.

"잠깐만요, 할아버지!"

"응?"

두어 걸음을 내디뎠던 할아버지가 그 자리에 멈춰 서서 나를 돌아보았다. 나는 반쯤의 기대와 반쯤의 미심쩍음을 담아 물었다.

"혹시 지우를 아세요? 이지우요."

"내 손녀를 아오?"

나도 모르게 주먹을 불끈 쥐었다. 웃는 얼굴이 닮았다 싶더라니 역시 지우의 할아버지가 맞았다.

불현듯 할아버지가 떠난 뒤 억지로 웃던 지우의 얼굴이 떠올랐다. 그리고 지우를 위해 할 수 있는 일도. 내겐 아직 한 번의 기회가 더 남아 있었다. 나는 할아버지의 손을 덥석 잡았다.

"할아버지, 지우에게 편지 한 통만 써주세요!"

"음? 편지?"

뜬금없는 내 말에 할아버지가 영문 모를 얼굴을 했다.

"그러니까 저는 저승의 편지를 이승에 전해주는 우체부인데요. 미련이 남은 망자들이 편지를 쓰면……."

"나는 이승에 남은 미련이 없소."

내 말이 끝나기도 전에 할아버지는 단호하게 고개를 저었다. 희미하게 미소 띤 얼굴은 말 그대로 후회 따윈 없는 듯 후련해 보였다.

"하지만……."

나는 할아버지가 이대로 돌아설까 싶어서 발을 동동 굴렀다. 내가 아무 말도 하지 못하자 결국 할아버지는 등을 돌렸다. 나도 모르게 왈칵 소리를 질렀다.

"하지만 지우에게 미련이 남아 있어요!"

"지우가?"

할아버지는 내 얘기가 영 믿기지 않는단 표정으로 눈매를 좁혔다. 나는 서둘러 고개를 끄덕였다.

"저는 지우와 같은 반이에요. 할아버지가 돌아가신 후 지우는…… 평소와 다름없어 보였어요."

"그렇겠지. 내가 오랫동안 병원에 있었으니 곧 헤어질 거란 사실을 알고 있었을 거요. 영민한 아이거든."

"평소처럼 학원에 가고 평소처럼 피아노 연습도 하고 평소처럼 얘기를 나눠요. 하지만 왠지 울고 싶은 걸 참으면서 억지로 웃는 것 같아요. 저는 그런 얼굴을 알고 있어요. 분명 뭔가 후회되는 게 있는 거예요."

"우리 지우가……."

할아버지의 눈빛이 흐려졌다. 생각에 잠긴 얼굴로 허공을 쳐다보던 할아버지가 쓴웃음을 흘렸다.

"이제 늙은 할애비는 안중에도 없는 줄 알았는데."

"아니에요. 지우는, 지우는 할아버지를 좋아해요."

내 말에 할아버지가 눈가에 주름을 잡으며 빙긋 웃었다. 그 모습이 지우와 똑 닮아 있었다.

"지우의 미련이 뭔지는 모르겠지만 할아버지께서 지우에게 편지를 써주시면 분명 그 미련이 사라질 거예요. 그리고 다시 예전처럼 환하게 웃을 거예요. 그러니까 제발 부탁드려요, 할아버지."

다정하게 나를 바라보던 할아버지가 물었다.

"지우 친구라고?"

"예."

그제야 내가 너무 오지랖이 넓었나 하는 생각이 들었다. 시무룩하게 시선을 떨구는데 웃음을 머금은 목소리가 귓가에 내려앉았다.

"우리 지우가 좋은 친구를 사귀었나 보오."

생각지도 못한 말에 천천히 고개를 들었다. 할아버지가 선뜻 손을 내밀었다.

"어떻게 하면 되오? 편지를 쓰려면 말이오."

"아! 잠시만요!"

나는 얼른 가방에서 종이와 펜을 꺼냈다.

"여기요."

"어디 보자."

평상에 앉은 할아버지가 한 손에 펜을 쥐고 물끄러미 종이를 들여다보았다. 내겐 익숙한 얼굴이었다. 편지를 쓰는 망자들은 늘 저렇게 고민스러운 눈을 했다. 마치 아이스크림 진열장 앞에 선 어린아이같이 말이다.

딱 한 번의 기회였다. 두 번 다시 없을 마지막 기회. 그러니 가장 소중한 사람에게 가장 하고 싶은 말을 해야 했다. 그건 수많은 아이스크림 앞에서 딱 하나를 고르는 것처럼 어려운 일일 게 분명했다.

엘리베이터는 마지막으로 나를 낯선 동네에 내려주었다. 으리으리한 주택들이 기다란 담장을 맞대고 서 있는 동네였다. 나는 봉투에 적힌 주소와 대문에 적힌 주소를 하나씩 비교하며 천천히 걸음을 내디뎠다.

　"지우가 이런 곳에 살았구나. 아, 찾았다. 이 집이야."

　높은 대문과 담장이 둘러쳐진 집이었다. 나는 대문 앞에서 심호흡을 한 후 초인종을 눌렀다. 몇 번의 시도 끝에 인터폰 너머에서 "누구세요?"라는 목소리가 흘러나왔다. 잠기운이 묻긴 했지만 지우의 목소리가 분명했다.

　"편지 배달 왔는데요."

　"예?"

이제는 이런 의심도 익숙했다. 나는 당당한 눈으로 인터폰 카메라를 응시했다. 내일 아침이면 지우는 오늘 일을 까맣게 잊을 것이다.

"이대평 씨로부터 편지가 도착했습니다."

인터폰 너머는 잠잠했다. 어쩌면 장난이라고 생각하는지도 몰랐다.

그 순간 찰칵 소리를 내며 대문이 열렸다. 바위를 엎어놓은 것 같은 계단을 오르자 넓은 정원이 나왔다. 희미한 달빛 아래에서도 잘 가꾸어진 정원이라는 사실을 단번에 알 수 있었다. 나는 동그란 판석을 밟으며 정원을 가로질렀다. 현관 앞에 서 있는 희끄무레한 인영이 보였다.

"안녕하세요, 저승에서 온 우체부입니다."

행여 지우가 나를 알아볼까 봐 모자를 꾹 눌러쓴 채 평소보다 굵은 목소리를 냈다. 달이 구름에 가려서 다행이었다. 지우가 도저히 믿을 수 없다는 목소리로 되물었다.

"이대평? 우리 할아버지가 편지를 보냈다고요?"

"예."

"우리 할아버지는 돌아가셨어요. 며칠 전에요."

"압니다. 아까도 말했듯이 이건 저승에서 보낸 편지거든요."

"저희 엄마가 변호사예요. 사문서 위조죄로 잡혀가고 싶으세요? 그런 거짓말은 함부로 하는 거 아니에요."

지우는 생각보다 야무졌다. 예전의 나였다면 지우의 으름장
에 당황했겠지만, 지금의 난 그때보다 여유롭게 대처할 수 있
었다.

"저승에선 재판을 받기 전에 단 한 사람에게 편지를 보낼
수 있습니다. 이대평 할아버지께서는 그 사람으로 손녀인 이
지우 씨를 선택하셨고요."

"그럼 더 믿을 수가 없네요. 할아버지가 나한테 편지를 보낼
리 없으니까."

언제나 밝고 친절한 지우의 목소리가 평소와 달리 냉소적인
빛을 띠었다. 그게 의아해 나도 모르게 모자챙 너머로 지우의
얼굴을 빤히 쳐다보았다. 그러다 눈이 마주칠까 싶어 후다닥
모자를 눌러썼다. 다행히 지우는 나를 알아보지 못했다. 사방
은 어두웠고 달빛은 희미했으며 우리 사이엔 제법 거리가 있
었다.

"할아버지께서는 손녀를 걱정하셨어요."

"할아버지가 나를 걱정했다고요? 말도 안 돼. 마지막으로
할아버지를 본 지가 두 달도 넘었어요. 병문안을 간다고 약속
해 놓고 시험이며 학원, 콩쿠르 핑계를 대면서 차일피일 미루
기만 했다고요. 할아버지도 나를 괘씸하다고 생각하고 있을걸

요? 약속을 밥 먹듯이 어기는 저는 꼴도 보기 싫을 거예요."

"이대평 할아버지가 그런 분이셨나요?"

내 말에 지우가 두 눈을 크게 떴다. 나는 이대평 할아버지에 대해 알지 못한다. 그러나 잠깐이나마 얘기를 나눈 할아버지는 그런 분이 아니었다. 지우만큼이나 다정한 분이었다. 아니나 다를까 지우는 힘없이 툭 고개를 떨구었다.

"아니요."

지우가 고개를 저었다. 한 번, 두 번, 세 번.

"할아버지는 그런 분이 아니세요. 제가 똑같은 걸 몇 번이나 물어도 늘 자상하게 설명해 주시던 인자한 분이었어요."

나는 모자챙을 꾹 누른 후 지우에게로 걸어갔다. 그리고 편지를 건넸다. 봉투에 적힌 글씨체를 보던 지우가 기어이 울먹이기 시작했다.

"읽어보세요."

나는 한 걸음 뒤로 물러나며 말했다.

지우는 심호흡을 한 뒤 봉투를 열었다. 그 순간 봉투 안에서 황금빛이 뿜어져 나왔다. 너무 눈이 부셔서 나도 모르게 팔을 들어 눈을 가렸다.

'어째서 또?'

나는 이제까지 편지에서 황금빛이 터져 나왔던 순간을 하나씩 되짚었다. 그리고 한 가지 공통점을 깨달았다. 셋 모두 내가 망자의 마음을 이승에 남은 사람에게 전해주고 싶다고 간절히 바랐던 때였다.

'아아, 어쩌면 이것은 내 진심이 만들어 낸 기적인지도 모르겠다.'

나는 눈을 가렸던 팔을 내리고 천천히 고개를 들었다. 어느새 내 앞에는 지우의 기억이 펼쳐지고 있었다.

*

"난 할아버지가 제일 좋아. 커서도 할아버지랑 살 거야."

지우는 작은 손으로 양모를 조물조물했다. 동그란 털 뭉치는 조금씩 고양이의 형체를 갖추어 갔다. 여기에 눈과 코를 붙이면 완벽한 고양이 인형이 될 터였다. 엄마가 고양이를 못 키우게 하는 바람에 만들기 시작한 인형이었지만, 이제는 인형을 만드는 행위 자체에 푹 빠졌다. 시간이 어떻게 지나가는지 모를 정도였다.

"글쎄. 지우가 크면 마음이 바뀔 텐데? 나중엔 할아버지하고 노는 것보다 재미있는 일들이 훨씬 더 많이 생길 거란다."

"아니야! 난 엄마 아빠처럼 안 될 거야! 엄마 아빠는 바빠서 얼굴 보기도 힘든걸!"

"네 부모님은 열심히 일하는 것뿐이란다. 많은 사람을 돕는 일이지. 아빠는 아픈 사람을 살리고 엄마는 억울한 사람을 돕잖느냐?"

할아버지는 너그러운 목소리로 말했지만 지우는 연신 고개를 저으며 고집을 부렸다.

"하지만 세상엔 일보다 중요한 게 있다고! 난 엄마 아빠처럼 뭐가 중요한지 잊어버리지 않을 거야! 공부도 안 하고 할아버지랑 놀기만 할 거라고!"

큰소리로 장담했던 지우는 중학생이 되면서부터 공부에 몰두했다. 백 점을 받을 때마다 엄마와 아빠는 지우의 머리를 쓰다듬었고, 대회에서 상을 타 올 때마다 피곤한 얼굴로 환하게 웃었다.

"지우가 내 어릴 적이랑 판박이야."

"무슨 소리. 나를 더 닮았지. 너는 내 자랑이다, 지우야."

"학부모 모임에서도 다들 네 칭찬을 어찌나 하던지. 덕분에 엄마 어깨가 한껏 올라갔단다."

'내가 더 잘해야 해.'

아마 그때부터였을 것이다. 관심도 없던 공부와 피아노에 몰두하기 시작한 것은. 지우는 좋은 대학에 가면 엄마 아빠가 자신을 좀 더 자랑스럽게 여길 거라 생각했다. 더 큰 상을 받으면 한층 더 환하게 웃어줄 거라고, 훌륭한 직업을 가지면 나를 더 사랑해 줄 거라고 말이다.

다른 아이들이 초등학교 아니, 유치원 때부터 입시 경쟁에 뛰어든 걸 생각하면 이미 늦은 감이 있었다. 지우에게 한눈을 팔 시간 따위 없었다.

그래서 할아버지를 만나러 가는 대신 학원에 가고, 할아버지에게 전화하는 대신 문제집을 풀었다. 같은 학원에 다니는 친구들을 보면 마음이 점점 더 조급해졌다. 벌써 고등학교 과정을 끝냈다는 얘기나 방학에 어학연수를 다녀왔다는 얘기를 들으면 저 혼자만 뒤처지는 것 같았다.

"역시 지우야. 이번에도 전교 1등은 너라며?"

"콩쿠르에서 금상을 탔다고? 도대체 못하는 게 뭐야?"

"지우가 우리 반에 있으면 든든하지. 선생님도 올해는 한시름 덜 수 있겠구나."

모든 사람이 자신을 칭찬했다. 그럴 때마다 키가 한 뼘씩 자라는 것 같았다. 그럴수록 더 잘해야 한다는 생각이 들었다. 좀 더 많은 학원에 다니고 좀 더 오랜 시간 책상 앞에 앉아 있었다.

건강이 나빠진 할아버지가 병원에 입원한 지 4개월이 넘었지만 지우가 병문안을 간 것은 두 번이 고작이었다. 그것도 한 번은 학원 때문에, 또 한 번은 과외 때문에 채 10분도 머물지 못했다.

"벌써 가려고?"

할아버지가 아쉬운 표정으로 물었다. 그 사실을 눈치챘으면 서도 지우는 벗어둔 가방을 어깨에 걸쳤다.

"다음 주에 피아노 콩쿠르가 있어서 연습해야 해요. 대회가 끝난 뒤에 또 올게요."

"너무 무리하지 말고 쉬엄쉬엄하거라."

"쉬엄쉬엄할 여유는 없어요. 그랬다간 다른 아이들이 다 저를 추월할걸요?"

"추월하면 안 되는 거냐?"

지우가 무슨 그런 당연한 말을 하느냐는 듯 새침한 목소리로 퉁을 놓았다.

"다른 아이가 추월한다는 건 제가 뒤처진다는 뜻이에요."

빙그레 웃던 할아버지는 마침 생각났다는 듯 물었다.

"요즘에도 인형 만드는 걸 좋아하느냐? 예전에 네가 고사리 같은 손으로 털 뭉치를 만지작거리다 보면 인형 하나가 뚝딱 만들어졌지."

"할아버지는 언제 적 얘기를 하는 거예요? 요즘엔 한가하게 인형 같은 걸 만들 시간은 없다고요. 그럼 갈게요."

"오냐."

지우는 아쉬워하는 할아버지를 뒤로하고 병원을 나섰다. 할아버지에겐 시간이 많았으니 언제든 저를 기다려줄 것이다.

그러나 그것은 지우의 착각이었다. 할아버지에게는 남은 날이 얼마 없었고, 시간은 지우를 기다려주지 않았다. 할아버지의 영정 사진을 보며 지우는 그제야 자신이 그토록 닮기 싫었던 엄마 아빠의 판박이가 되었다는 사실을 깨달았다. 세상엔 일이나 공부보다 중요한 것들이 훨씬 많은데 그것을 잊고 있었다. 할아버지가 가르쳐준 것을 까맣게 잊어버렸다니. 그러나 지금 와서 후회해 봤자 시간을 되돌릴 수는 없었다.

*

"할아버지……."

지우의 속눈썹에 눈물이 그렁그렁 맺혔다. 지우에게로 걸어간 나는 가늘게 떨리는 등을 조심스럽게 끌어안았다. 깜짝 놀란 듯하던 지우도 결국 내 어깨에 얼굴을 묻고 흐느꼈다.

나는 그 마음이 무엇인지 알고 있다. 세희 언니가 느꼈던 후회, 민재가 품었던 자책감, 김 씨 아저씨가 간직했던 미안함,

그런 것들이 뭉뚱그려진 감정일 것이다. 나는 내가 할 수 있는 가장 부드러운 손길로 지우의 등을 쓸어내렸다. 그것이 내가 저승의 편지를 배달하며 배운 위로법이었다. 서툰 말보다 따스한 체온으로 마음을 전하는 것.

"할아버지, 미안해. 내가 미안해."

"울지 마, 지우야. 괜찮아. 할아버지는 마지막까지 웃고 계셨어."

"할아버지가……."

"할아버지는 네가 다정하고 상냥한 아이라는 걸 자랑스럽게 생각하셨어."

공부를 잘해서가 아니다. 피아노를 잘 쳐서도 아니다. 할아버지는 있는 그대로의 지우를 자랑스러워했다.

결국 엉엉 울음을 터뜨린 지우는 한참을 울고 난 뒤에야 내게 기댔던 몸을 바로 세웠다. 그리고 눈물을 글썽이며 웃었다.

"고마워, 달희야."

"어?"

나도 모르게 두 눈을 휘둥그렇게 떴다. 어떻게 나라는 걸 알아봤지? 모자를 좀 더 깊숙이 눌러썼지만 이미 늦었다. 지우는 고개를 갸웃거리며 "그런데 네가 어떻게 우리 할아버지를 만났어?" 하고 물었다.

"이 편지는 또 뭐고?"

"어, 그러니까, 그게……."

나는 제대로 말을 잇지 못하고 도망치듯 그 자리를 벗어났다. 등 뒤에서 "달희야, 정말 고마워!" 하고 소리치는 지우의 목소리가 들렸지만 돌아보지 않았다. 나는 지우의 집이 보이지 않는 곳에 도착해서야 간신히 달음박질을 멈추고 가쁜 숨을 몰아쉬었다.

"내일이면 아무것도 기억하지 못할 테니까."

나는 어둠에 잠긴 거리를 돌아보며 혼잣말을 중얼거렸다. 그리고 집으로 향하는 걸음을 서둘렀다. 그 어느 때보다 발걸음이 가벼웠다.

*

아침이 밝자 나는 다시 평범한 조연으로 돌아왔다. 더는 저승의 우체부가 아니었고, 내겐 어떤 특별한 힘도 없었다. 하지만 저승에서 쫓겨났던 며칠 전과 달리 마음은 홀가분했다.

"이제는 나도 미련을 떨친 걸까?"

"뭐라고?"

"앗, 깜짝이야!"

갑자기 끼어든 목소리에 화들짝 놀라 고개를 돌렸다. 소현이 내 옆구리를 툭 치며 "무슨 생각을 하느라 사람이 왔는데도 몰라?" 하고 퉁을 놓았다.

"왔어?"

두 팔을 쭉 뻗으며 기지개를 켠 소현은 내 어깨에 머리를 기대며 웅얼거렸다.

"뭔 콩쿠르를 일요일 아침부터 해? 졸려 죽겠어."

오늘은 지우의 피아노 대회가 있는 날이다. 며칠 전 나는 젖먹던 용기를 그러모아 소현에게 "같이 지우 응원하러 갈래?"라고 물었다. 소현은 깊이 생각하는 기색도 없이 선뜻 고개를 끄덕였다.

"그래, 그러자. 오는 길에 피자 먹으러 갈래?"

"좋아."

소현이 싫은 기색을 보이면 어쩌지 걱정한 게 무색할 정도였다. 어쩌면 이제까지 내가 어떤 노력도 하지 않았던 건 아닐까? 학기 초에 누군가에게 말을 걸었다면 다들 이렇게 흔쾌히 대답해 주지 않았을까? 우연히 마주친 하은이에게 인사했다면 반갑게 손을 흔들어주지 않았을까?

"무슨 생각을 그렇게 해? 가자. 늦겠다."

"응? 아아, 어."

딴생각에 빠져 있던 나는 소현의 부름에 퍼뜩 정신을 차렸다. 우리는 시답잖은 이야기를 주고받으며 지하철역으로 향했다. 개찰구를 통과해 플랫폼에 섰을 때 왠지 주변이 소란스러웠다.

"아니, 지하철에 개를 데려오면 어쩌자는 거야?"

한 아주머니가 어딘가를 흘겨보며 툴툴거렸다. 의아한 표정으로 고개를 돌리는 순간 익숙한 얼굴을 발견했다. 세희 언니와 구름이었다. 아주머니는 옆에 선 일행의 팔을 툭툭 치며 들으라는 듯이 목소리를 높였다.

"저기 봐. 여러 사람이 이용하는 지하철에 냄새나는 개를 데리고 오다니. 생각이 있는 건지 없는 건지. 나 같으면 민폐 끼칠까 봐 집에서 꼼짝도 안 할 텐데, 요즘 사람들은 배짱도 좋다니까. 앞도 못 보면서 지하철을 타려고 하고."

끼잉. 구름이가 아주머니의 눈치를 살피며 꼬리를 엉덩이 밑으로 감추었다. 목줄을 쥔 세희 언니의 손에 별안간 힘이 들어갔다. 세희 언니가 아주머니 쪽으로 몸을 틀었다. 언니의 눈썹이 하늘 위로 치켜 올라갔다. 세희 언니가 막 입을 열려는 찰나였다.

"안내견은 공공장소와 식당, 어디든 갈 수 있어요."

내가 먼저 선수를 쳤다. 갑작스러운 목소리에 아주머니가 이쪽을 돌아보았다. 나는 아주머니를 똑바로 쳐다보며 한 마디 한 마디에 힘을 주었다.

"배짱이 좋은 게 아니라 법적으로 허용되어 있어요."

두 번 다시는 스스로에게 부끄러운 행동을 하고 싶지 않았다. 아무 말도 못 하고 집에 돌아가 이불만 뻥뻥 차는 건 사양이다. 사람들의 시선이 내게 향하는 게 느껴졌다. 얼굴이 달아오르고 목소리가 떨렸지만 나는 주먹을 꽉 움켜쥐며 타인의 시선을 견뎠다.

"저 학생 말이 맞아요, 아주머니."

"듣자 하니 말이 너무 심하잖아요."

그때 여기저기서 한마디씩 날아왔다. 구경하던 사람들이 내 편을 들자 겸연쩍은 표정이 된 아주머니는 "누가 뭐라고 했나?"라고 중얼거리며 슬그머니 자리를 떴다.

"하아."

나는 참았던 한숨을 뱉으며 어깨를 늘어뜨렸다. 소현이 두 눈을 휘둥그렇게 뜨며 나를 돌아보았다.

"달희, 너 그런 말도 할 줄 알아? 와, 방금 엄청 멋있었어."

"어?"

뜻밖의 말에 두 눈을 동그랗게 떴다. 나는 더 이상 특별한 존재가 아니었다. 한 달 전과 마찬가지로 조연에 지나지 않는 평범한 사람이었다. 그런데 전에는 하루를 외면했던 내가 이번엔 구름이를 위해 목소리를 높였다. 내가 지우를 멋있다고 생각했던 것처럼 소현이 나를 멋있다고 칭찬했다.

'어쩌면 나를 특별하게 만드는 건 다른 사람의 시선이 아닌지도 몰라.'

나의 시선. 내가 나를 특별하게 생각하는 순간 나는 내 삶의 주인공이 되었다.

"혹시 달희니?"

세희 언니의 목소리에 나는 그쪽으로 시선을 돌렸다.

"예. 괜찮아요, 언니?"

"응, 어쩐지 목소리가 너 같았어. 고마워."

"아니에요."

세희 언니는 보지 못하겠지만 그래도 나는 고개를 설레설레 저었다. 언니는 하루 앞에서 내가 얼마나 비겁했는지 모른다. 그래도 다행이다. 똑같은 실수를 반복하지 않아서. 더 이상 나를 부끄럽게 생각하지 않아도 되어서. 적어도 저승에서 후회할 일이 한 가지는 줄어들었잖아.

"그런데 어디 가는 거예요?"

내 물음과 동시에 날카로운 기계음이 플랫폼을 관통했다. 곧이어 열차가 도착하고 문이 열렸다.

"여기 앉으세요."

세희 언니를 발견한 대학생이 선뜻 자리를 양보했다.

"감사합니다."

세희 언니는 대학생이 내민 손을 잡고 자리에 앉았다. 나는 한 걸음 떨어진 곳에서 그 모습을 물끄러미 바라보았다. 세희 언니도 뭔가 바뀌었다. 예전 같으면 타인의 도움을 날카롭게 거절했을 텐데, 대학생의 친절을 받아들이는 언니의 얼굴이 한결 편안해 보였다. 나도 모르게 입꼬리를 당겼다.

우리는 검붉은색 의자에 나란히 앉았다. 구름이는 세희 언니 발밑에 얌전히 엎드린 채였다. 지나가던 사람들이 옅게 미소 띤 얼굴로 구름이를 힐끗거렸다. 그러나 구름인 관심 없는 듯 앞발에 턱을 올리고 두 눈을 느리게 깜빡였다. 나는 하나씩 채워지는 자리를 보며 세희 언니에게 귓속말을 했다.

"언니도 콩쿠르에 올 줄은 몰랐어요. 아는 사람이 출전해요? 우리는 이지우라고 같은 반 친구를 응원하러 왔어요."

"음, 아는 사람이라고 하기엔 그렇고. 미안한 사람."

아, 불현듯 떠오르는 기억이 있었다. 누구도 예상하지 못한 불의의 사고. 나는 아무것도 묻지 않고 무대를 바라보았다. 때마침 사회자의 호명에 맞추어 나타난 참가자들이 한 명씩 피아노 앞에 앉아 연주를 시작했다.

"나는 아무리 들어도 뭐가 뭔지 모르겠어. 지금까지 다 똑같은 연주를 들은 것 같아."

그렇게 중얼거린 소현은 어느새 내 어깨에 머리를 기대고 꾸벅꾸벅 졸기 시작했다. 구름이도 잠이 들었는지 단추 알처럼 까만 눈동자가 보이지 않았다.

그 순간 익숙한 선율이 귓속을 파고들었다.

"드뷔시의 〈달빛〉?"

고개를 들자 피아노 앞에 앉은 민재가 보였다. 눈을 감고 건반을 누르는 민재의 모습도 그날 밤보다 편안해 보였다.

"참가 번호 6번. 윤민재 학생의 연주였습니다."

자리에서 일어난 민재가 객석을 향해 인사했다. 세희 언니는 누구보다 열렬한 박수를 보냈다. 어쩌면 나뿐만 아니라 모두가 변하고 있는지도 모르겠다. 나는 천천히 눈을 감았다. 처음 민재를 만났던 밤바다의 광경이 눈앞에 펼쳐지는 듯했다.

그때였다.

"와, 멋있다."

낯선 목소리가 귀를 스치고 지나갔다. 고개를 돌려 보니 옆자리에 앉은 남학생이 반짝이는 눈으로 무대를 쳐다보고 있었다. 내 시선을 전혀 눈치채지 못한 남학생은 마치 홀린 듯이 조명이 켜진 무대만 뚫어지게 응시했다.

"나도 저런 무대에서 노래할 수 있을까?"

'어?'

나도 모르게 눈을 깜빡였다. 이유는 알 수 없지만 처음 보는 남학생의 얼굴 위에 김 씨 아저씨의 얼굴이 겹쳐 보였다. 두 눈을 크게 뜬 나는 이내 입꼬리를 당기며 미소 지었다.

"음? 끝났어? 그런데 너 왜 웃어, 달희야?"

잠에서 깬 소현이 어리둥절한 얼굴로 고개를 갸웃거렸다.

"아무것도 아니야."

"아무것도 아니긴. 왜 무슨 일인데?"

"지우 차례다."

"오오, 드디어."

소현이 지우를 향해 열렬한 박수를 보냈다. 나도 질세라 손뼉을 쳤다. 멈춰 있던 지우의 손가락이 건반을 하나씩 눌렀다.

*

"배달희 씨?"

문제집을 풀던 나는 깜짝 놀라 펜을 놓쳤다. 한 손으로 심장을 움켜쥐고 뒤를 돌아보자 차사가 머쓱한 얼굴로 나를 쳐다보고 있었다.

"아, 깜짝이야. 그런데 차사님이 왜……? 제가 몰래 가져갔던 김정우 씨의 재판 기록은 그날 돌려드렸는데요?"

한동안 입술만 달싹이던 차사는 헛기침을 하고 나서야 입을 열었다.

"큼. 이제 와서 이런 말은 좀 그렇지만, 다시 저승의 우체부로 일해 줄 수 있겠습니까?"

생각지도 못한 말에 나도 모르게 눈살을 찌푸렸다.

"우체부로요?"

어느새 평소의 엄격한 표정으로 돌아간 차사가 사무적인 목소리로 말했다.

"서천의 힘이 약해진 이유를 찾았습니다."

"이유가 뭔데요?"

"김병태 씨 때문입니다."

처음 듣는 이름에 "김병태 씨요?" 하고 되묻자 내 의문을 짐작한 차사가 설명을 덧붙였다.

"김정우 씨의 부친 말입니다."

"아, 김 씨 아저씨요? 그런데 아저씨 때문에 서천의 힘이 약해졌다고요?"

내 물음에 차사가 고개를 끄덕였다.

"서천을 건넌 망자는 곧장 저승으로 가 재판을 받는 것이 순리입니다. 그런데 김병태 씨는 저승 입구에 아주 오랫동안 머물렀더군요. 하필 그때 시스템이 고장난 바람에 김병태 씨의 이름이 누락되었고, 김병태 씨는 누구의 방해도 없이 저승 입구에 머물 수 있었습니다. 그리고 아무도 그 사실을 발견하지 못했죠. 김병태 씨가 순리를 거스르는 바람에 모든 게 조금씩 어긋나기 시작했습니다. 때로는 작은 돌멩이 하나가 거대한 톱니바퀴를 멈춰 세우는 법이거든요."

"아."

"김병태 씨는 지금 재판을 받는 중입니다. 덕분에 저승의 시스템이 조금씩 회복되는 중이죠. 다만 아직까지는 기억을 잃지 않는 망자들이 종종 발생하는 모양입니다. 그래서 그들의 편지를 전해줄 사람이 필요합니다."

"하지만 저는 선택받은 사람이 아니잖아요?"

"뭐, 저승의 우체부가 꼭 한 사람이어야 한다는 법도 없고."

나는 차사의 얼굴을 빤히 쳐다보았다. 결국 두 팔을 늘어뜨린 차사가 "솔직하게 말해서"라며 뒷말을 이었다.

"배달희 씨가 일을 아주 잘해주었습니다. 이승에 미련이 남은 망자들을 어떤 잡음도 없이 모두 저승으로 보냈죠. 심지어 누락되었던 김병태 씨를 발견해 재판장으로 보내기도 했고 말

212

입니다. 우리는 배달희 씨의 능력을 높이 평가하고, 앞으로도 우리와 같이 일해주기를 바랍니다."

주머니를 뒤적인 차사가 뭔가를 꺼냈다.

"배달희 씨, 망자의 마음을 대신 전해주시겠습니까?"

나는 차사가 건넨 물건을 물끄러미 내려다보았다. 황금색 카드 키가 조명 아래에서 찬란한 빛을 내뿜고 있었다. 특별한 존재를 상징하는 황금색 키. 나는 더 이상 선택받은 존재가 아니었지만 차사는 내게 카드 키를 내밀었다. 누군가의 선택이 아니라 내 힘으로 특별함을 쟁취했다.

환하게 웃으며 고개를 들었을 때 차사는 이미 사라지고 없었다.

"여전히 바쁜 모양이야."

황금색 카드 키를 가방에 넣다 말고 멈칫했다. 잠시 망설이던 나는 휴대전화를 꺼내 메시지를 보내기 시작했다.

> 안녕, 하은아? 오랜만이지? 잘 지내?

단 한 사람에게 단 한 번만 전할 수 있는 편지가 있다면?

아마 나는 편지를 보내는 쪽이 아니라 받는 쪽이 먼저 될 것 같다. 발신인은 같이 사는 고양이가 될 테고. 아직 함께할 날이 많이 남아 있지만 먼 훗날 고양이가 먼저 무지개다리를 건너면 내게 편지를 보내지 않을까?

……생각해 보니 우리 집 고양이는 바람에 휘날리는 전단지엔 일말의 관심도 없이 쿨하게 저승으로 갈 것 같기도 하다. 그래도 혹시 모르니 글은 가르쳐줘야겠다.

마지막으로 편지를 쓴 게 언제인지 기억이 나지 않을 만큼 까마득하다. 문자 메시지며 SNS, 다이렉트 메시지 등 소통 창구가 늘어난 덕분에 대화의 양은 현저히 증가했지만, 그 속에 담긴 진심의 양도 따라 증가했냐고 묻는다면 글쎄.

오늘도 내게 도착한 메시지와 내가 보낸 메시지에는 온통 영양가 없는 말투성이다. 소낙비처럼 쏟아지는 대화의 홍수 속에서 꼭 해야 할 말, 진심을 꾹꾹 담은 말을 찾는 건 쉽지 않다. 겸연쩍다는 이유로, 타이밍을 놓쳐서, 혹은 눈치를 보느라 정작 중요한 말들을 하지 못하고 지나갈 때도 많다.

실은 내게도 전하지 못하고 더께처럼 켜켜이 쌓인 말들이 있다. 나는 세상에서 가장 사랑하는 할머니가 돌아가신 후에야 그 말들이 주인을 잃었다는 사실을 깨달았다.

이럴 때 내게도 날희처럼 편지를 진해줄 우체부가 있다면 좋을 텐데. 만약 달희가 내 편지를 전해준다면 나는 무슨 말을 가장 먼저 적게 될까? 아마 진열장 앞에서 아이스크림을 고르는 사람처럼 신중한 고민에 빠지겠지. 아니다. 어쩌면 세희가 그랬던 것처럼 편지지에 그림을 그릴지도 모르겠다. 우리 할머니는 글을 배우지 못했으니까.

바라건대 이 글을 읽는 친구들에겐 저승의 우체부가 필요 없기를 희망한다. 해야 하는 말이 있다면 해야 하는 순간에 할 수 있기를. 그것이 여러분을 성장하게 만들 거라 믿어 의심치 않는다.

부연정

저승 우체부 배달희

초판 1쇄 인쇄 2025년 4월 10일
초판 1쇄 발행 2025년 4월 21일

지은이 부연정
펴낸이 김선식

부사장 김은영
콘텐츠사업본부장 임보윤
책임편집 이나영　**책임마케터** 이고은
콘텐츠사업10팀장 김정택　**콘텐츠사업10팀** 이슬, 이나영, 김유리
마케팅2팀 이고은, 양지환, 지석배
미디어홍보본부장 정명찬　**브랜드홍보팀** 오수미, 서가을, 김은지, 이소영, 박장미, 박주현
채널홍보팀 김민정, 정세림, 고나연, 변승주, 홍수경
영상홍보팀 이수인, 염아라, 김혜원, 이지연
편집관리팀 조세현, 김호주, 백설희　**저작권팀** 성민경, 이슬, 윤제희
재무관리팀 하미선, 임혜정, 이슬기, 김주영, 오지수
인사총무팀 강미숙, 이정환, 김혜진, 황종원　**제작관리팀** 이소현, 김소영, 김진경, 이지우, 황인우
물류관리팀 김형기, 김선진, 주정훈, 양문현, 채원석, 박재연, 이준희, 이민운
외부스태프 디자인 *studio* weme　일러스트 제딧

펴낸곳 다산북스　**출판등록** 2005년 12월 23일 제313-2005-00277호
주소 경기도 파주시 회동길 490
전화 02-704-1724　**팩스** 02-703-2219　**이메일** dasanbooks@dasanbooks.com
홈페이지 www.dasan.group　**블로그** blog.naver.com/dasan_books
종이 스마일몬스터　**인쇄** 민언프린텍　**코팅 및 후가공** 제이오엘앤피　**제본** 국일문화사

ISBN 979-11-306-7710-1 (43810)